LIBELLULE

Libellula, chi ti diè questo nome?
Chi scelse la successione musicale delle labiali,
li-bel-lu-la,
come note uscite dai tasti di un pianoforte?
Due grandi e colorate ali trasparenti, tremule e trepide, quelle sei tu.
E tanto alata sei che quando sorvoli le acque stagnanti e l'erbe dei prati
di te solo le ali si vedono, velate veline di seta lucente.
A volte ti fermi nell'aria, tu, senza peso e imponderabile, leggera aligera.

Se lieve sulla pista di ghiaccio io vedo una fanciulla
che forma aeree figure danzanti, e sicura volteggia, salta, si leva e atterra,
è a te che penso, a te paragono la sua leggerezza.
"Come una libellula"
vuol dire una controllata eleganza in una liberata energia.

E controllata eleganza e liberata energia, come la tua, cerca nelle sue frasi
lo scrittore mentre vola la sua fantasia
e a volte si ferma – come fai tu – e a volte arretra – come fai tu –,
sospeso anche lui e oscillante, accampato a mezz'aria.
Libellula, bella libellula, dai a lui le tue ali.

RAFFAELE LA CAPRIA

Giuseppina Torregrossa

PANZA E PRISENZA

MONDADORI

www.librimondadori.it

Panza e prisenza
di Giuseppina Torregrossa
Collezione Libellule

ISBN 978-88-04-62102-7

I edizione aprile 2012

A Maurizio Nava,
fuori da ogni retorica.

Avvertenza

Se il lettore si sentisse scoraggiato dal titolo del romanzo – che, ci rendiamo conto, può suonare criptico – e temesse di imbattersi in parole altrettanto incomprensibili, vogliamo rassicurarlo: nel glossario in fondo al volume troverà tutte le spiegazioni.

PRIMA PARTE

Il danno

Essennu la Sicilia turmintata
d'indigni manigoldi e saracini,
la santa liggi vineva discacciata
di chisti barbari indigni er'assassini.

FABRIZIO LUPO e VITO PARRINELLO,
Essennu nata santa Rosalia,
da testi tradizionali, 377° festino.

I

«Queste toghe sembrano cutre» sbuffò Maddaloni, principe del foro palermitano. «Solo d'inverno si possono usare. Certe giornate per il caldo arrivo a stento alla fine dell'udienza, tanto che qualche volta mi tocca domandare al giudice di sospendere per qualche minuto, e meno male che sono tutti amici. Giusto il tempo di rinfrescarmi, ripigliare fiato, così posso arrivare alla fine dell'udienza.»

L'avvocato sollevò la toga, la mostrò ai colleghi come se si trattasse di una prova da mettere agli atti, la piegò con cura, tolse un capello dal bordo della manica e la ripose nell'armadio. Sventolò all'aria un fazzoletto di lino con un movimento rapido del polso e si asciugò il sudore che gli bagnava il volto e la nuca.

«Vero è! Ci vuole un fisico bestiale per questo mestiere» chiosò Santopietro, il più vecchio tra i suoi colleghi. «Che quando tira lo scirocco io non ci resisto. Mi piglia in certi momenti un tremolizzo dalle gambe alla testa, manco capisco quello che dico. Ma non c'è giudice che mi abbia mai dato torto, grazie a Dio! Pure quando ho sciorinato indicibili minchiate. Fatti 'a fama e va' curcati.» Ci fu una risata di circostanza, le amicizie con i giudici non vanno sbandierate, è la prima cosa che ti insegnano appena metti piede al corso di laurea. Poi, come si dice, le cause si vincono per bravura e competenza del collegio difensivo, non per la benevolenza dei magistrati. E quando si perdono è per fatalità. Un muscoloso praticante storse la bocca, ma non fiatò. Tutti conoscevano la familiarità che permeava i rapporti tra giudici e avvocati della vecchia guardia, nessuno dei giovani aveva il coraggio di mettersi contro a quei mammasantissima.

«Dovrebbero abolirla la toga, è cosa passata ormai, fuori tempo.» L'avvocatino aveva parlato con un certo sussiego, ma avrebbe fatto meglio a tacere. Le sue parole furono accolte con sguardi di sufficienza e caddero nel vuoto. Non pago, lisciandosi la cravatta dal grosso nodo, che lo faceva assomigliare a un agente immobiliare, provò a rilanciare: «E pure questa, che significato ha?».

Maddaloni lo guardò in cagnesco ma restò in silenzio, la meglio parola è quella che non si dice. Si sentiva stanco, l'arringa aveva consumato tutte le sue energie, aveva solo voglia di tornare a casa. Cercò di scollarsi i pantaloni dal sedere con un movimento sussultorio delle gambe, immaginò il sollievo che avrebbe provato nel liberarsi dei vestiti stazzonati e il piacere di scivolare dentro al pigiama azzurro di sottile voile. Finalmente si sarebbe seduto a tavola, nella fresca penombra della camera da pranzo, il suo stomaco borbottava già da un po'.

La pasta con i tennerumi di sicuro era già sulla tavola, nella zuppiera di porcellana bianca chiusa dal coperchio cesellato a piccoli fiori, raffinato baluardo contro le mosche

che dal mese di giugno si erano annidate nella sua casa a dispetto delle ripetute disinfestazioni. Doveva sbrigarsi, ma non stava bene lasciare a metà una conversazione, sia pure fessa e senza senso. E nemmeno quando l'interlocutore era uno di quei ragazzi stretto in un abituccio scuro e 'nsiddato sul davanti, fatto apposta per esaltare una virilità di cui evidentemente difettava. Maddaloni era schiavo dell'affettazione. Si spruzzò sul collo del profumo e chiosò: «È per questo che in Sicilia giustizia non ce ne può essere: troppo caldo. Vi saluto colleghi, pasta e tennerumi: ecco l'unica cosa che in questo momento mi spercia, e poi due ore di sonno sotto al ventilatore!».

Era un uomo di gusti semplici, non c'è nulla di più raffinato della semplicità. Si calcò il panama sulla testa e si avviò per le scale, omaggiando il collegio dell'ultima perla di saggezza: «Pasta con le pezze! La minestra può sembrare una follia nel periodo estivo, ma per contrastare il caldo ci vuole altro caldo... E questa è cosa che possiamo capire solo noi siciliani. Buon fine settimana a tutti».

Sulla strada una luce tagliente lo investì. I raggi del sole si rifrangevano sulle pareti bianche del palazzo di Giustizia e ferirono i suoi occhi come fossero fiamma ossidrica. Aspettò sulla gradinata il tempo necessario perché si diradassero le mille stelline gialle che brillavano dietro alle sue palpebre. Si frugò nelle tasche alla ricerca degli occhiali da sole, niente. Ne perdeva un paio a settimana.

Giacomo, dannazione, dov'era finito? Si guardò intorno indispettito, quel posteggiatore era peggio di un latitante. La mattina arrivava veloce, con solerzia afferrava le chiavi della macchina, abile gli sfilava cinque euro dal portafogli e lo salutava inchinandosi: «Vossà 'un dubita che la riporto sana e con tutte le cose a posto». Ma era una presa in giro, perché poi ci voleva un battaglione di carabinieri per ritrovare lui e la macchina. Lo sbaglio era suo che lo pagava in anticipo.

Ebbe un capogiro. Colpa dell'afa, o magari del calo degli zuccheri. Cercò tentoni un appoggio e si rese conto che si trovava in mezzo alla strada. Istintivamente fece due passi indietro e l'ombra lo accolse benevola. Doveva tornare a casa, mangiare al più presto, il suo corpo ne aveva proprio bisogno. La fame era un gorgoglio che si mischiava al frastuono del traffico e al rumore del vicino mercato. Le abbanniate dei venditori rimbalzavano da una cantunera all'altra, perdevano il loro vigore lungo il corridoio delle bancarelle e si arrestavano rispettose sulla gradinata del palazzo di giustizia.

«Giacomooo!» chiamò irritato. La sua voce ebbe un tremito sull'ultima vocale, tradendo una intima indecisione, roba da perderci la reputazione di uomo tetragono.

Un tipo dall'andatura scoordinata gli si faceva incontro. "Eccolo quel mascalzone" pensò sollevato. Ma la sagoma corpulenta non appattava con il corpo segaligno del posteggiatore. "Ma iddu è?" si chiese. Era sempre preoccupato per quei continui, inopportuni, supplichevoli questuanti che lo aspettavano ogni giorno all'uscita del tribunale. Chi chiedeva lavoro, chi prestazioni professionali, chi permessi per visitare parenti in carcere. «Dio nni scanzi e liberi!» esclamò facendosi il segno della croce. Ebbe l'impressione che quell'ombra scura che si stagliava in controluce sventolasse un mazzo di chiavi. Mise da parte ogni incertezza e urlò sempre più spazientito: «Giacomo, 'unn'è la macchina?». Il pensiero che la pasta potesse scuocere – chiusa nella zuppiera ci vuole un attimo per diventare colla – lo fece andare su tutte le furie.

L'uomo piegò a destra, fece un giro largo, salì sul marciapiede camminando rasente le macchine parcheggiate e si ritrovò alle sue spalle, quindi l'affiancò. La sua ombra massiccia si allungava sull'asfalto vicino a quella smilza dell'avvocato. No, non si trattava di Giacomo, ma chi era? Maddaloni si girò per guardarlo dritto in faccia. Un cappellino blu con una visiera calata fin sul naso e un grosso paio di occhiali da sole lo rendevano irriconoscibile.

«Cu si? Fatti accanusciri.» *O tempora, o mores!* Anni prima nessuno avrebbe osato presentarsi a lui con il capo coperto. «Si può sapere che vuoi?» Il malessere aveva assunto la consistenza dell'inquietudine. Paventava una di quelle seccature che avrebbe potuto ritardare il pranzo e anche la siesta. E poi c'era lei, con i suoi piccoli seni a punta, ebbe un brivido di piacere e sorrise.

Lo sconosciuto sollevò la visiera, e finalmente Maddaloni seppe chi era. Che voleva ancora da lui quello scimunito?

Il primo colpo, violentissimo, arrivò sul ginocchio, l'avvocato cadde a terra con un rumore di canne spezzate. L'asfalto gli bruciò la pelle anche attraverso i vestiti. Gli effluvi del catrame bollente lo fecero tossire. Cercò di rialzarsi facendo leva sui gomiti. Il secondo colpo lo raggiunse al braccio destro, che si fratturò con un crepitio delicato. Ricadde di nuovo sulla schiena. In quella posizione il sole gli inondava il viso e lui riusciva a distinguere a malapena i contorni tremolanti dei palazzi. Ebbe la tentazione di chiudere gli occhi e abbandonarsi al torpore che saliva dalle viscere. Quell'onda di ottundimento prometteva sollievo, una sorta di anestesia naturale per il dolore lancinante che gli bloccava l'aria nei polmoni.

«Che minchia fai?» Ma non riusciva a respirare, figuriamoci a parlare, le parole sembrarono un rantolo.

«Vivo devi restare!» urlò l'aggressore. «Ti lassu vivu ma struppiatu», la mazza continuava a calare su quel corpo molle.

Ai bordi della strada, come statue di sale, un gruppetto silenzioso di passanti assisteva all'aggressione.

L'uomo colpiva con cadenza ritmica, un-due, un-due. La vittima fece appello a tutte le sue forze per sfuggirgli. Cercava di rotolare a destra e a sinistra, ma lui lo anticipava ogni volta aumentando un po' l'apertura del braccio. L'elegante abito color panna dell'avvocato si era colorato di grigio e di rosso. Il corpo gli si era accartocciato e sembrava una triglia che un cuoco crudele abbia immerso, ancora guizzante, nell'olio bollente.

Poi l'aggressore, forse stanco, smise di picchiare, girò su se stesso come una strummula che sta per esaurire la spinta iniziale e si allontanò senza fretta. Pacificato, quell'uomo grosso, dai movimenti dapprima scomposti, aveva assunto un'andatura indolente e ampollosa, che trasudava orgoglio per il difficile compito portato a termine. L'avvocato, struppiato ma ancora vivo, sollevò la testa: «Rustica progenie...» mormorò. Avrebbe fatto meglio a dire una preghiera. Quelle parole biascicate dovettero suonare come un insulto perché l'altro si fermò di colpo su una gamba sola, sembrava un fenicottero titubante. Aspettò qualche secondo, quasi che un demone lo avesse acchiappato per la giacca e, tirandolo, gli impedisse di allontanarsi. Facendo perno sul piede che poggiava sull'asfalto, si voltò e tornò indietro. Raggiunto Maddaloni, lo afferrò per il bavero, lo sollevò da terra, lo strattonò più volte e lo lasciò cadere. Brandì quindi la mazza, prese la mira e lo finì con un colpo secco alla testa, che si spaccò manco fosse una zuppiera di porcellana sottile.

Quando il sangue cominciò a lambire le macchine posteggiate lungo la carreggiata, solo allora la gente intorno si scosse dallo stato di attonita immobilità e, libera dall'incantesimo, cominciò a urlare. Improvvise risuonarono le abbanniate e rimbalzarono frenetiche dalla cantunera, alla piazza, al quartiere. Questa volta non era il turno dei venditori, ma degli informatori. Di bocca in bocca la notizia dell'agguato attraversò la città. Palermo è una fitta rete di suoni.

Alla moglie la notizia giunse dopo poco, la minestra aveva già cominciato a scuocersi nella zuppiera, regalo di nozze della zia Santina.

Pasta con le pezze

Ingredienti

Spaghetti spezzettati
Tennerumi (pezze)
Pomodori pelati
Aglio
Olio extravergine d'oliva
Sale
Zucchero

Procedimento

Lavare le foglie e i germogli dei tennerumi in abbondante acqua fredda, lasciarli a bagno con un pizzico di sale per circa dieci minuti.

Soffriggere l'aglio, aggiungere i pomodori tagliati a pezzi, sale e un po' di zucchero. Lasciar cuocere, quindi eliminare l'aglio e allungare con acqua. Portare a ebollizione, aggiungere i tennerumi spezzettati. Cuocere la pasta. Servire con olio extravergine di oliva a crudo.

Cosa sono i tennerumi? Le foglie delle zucchine lunghe.

II

Maddaloni arrivò in ospedale già cadavere. Inutili i tentativi di rianimarlo a bordo dell'ambulanza. Lo portarono direttamente all'obitorio, l'autopsia fu eseguita subito.

Il medico legale disse che le ossa intere si potevano contare sulla punta delle dita. Gli organi interni erano tutti sani: se fosse dipeso dal morto, avrebbe potuto campare ancora per chissà quanti anni. Lo stomaco era vuoto. "Quella pasta con le pezze gli è rimasta nel cannarozzo" pensò leggendo il referto il giovane praticante, che provava per il suo capo una forte antipatia. Era stato il colpo alla testa a finirlo.

Lo vestirono con un abito di raffinata fattura scelto dalla moglie. Fu ricomposto con tanta cura che, conzato nel tabuto, sembrava persino più giovane. I beccamorti che si erano occupati della salma sparsero la voce che l'avvocato aveva un testicolo solo, ma in compenso era dotato di ben altro.

La camera ardente fu allestita nel suo studio, tra mobili massicci dell'Ottocento siciliano e testi di diritto. Qualcuno si stupì della velocità con la quale si diede il permesso per la tumulazione, ma quello era un morto eccellente, andava sepolto di gran carriera e con tutti gli onori.

Inoltre nelle quarantotto ore che precedettero il funerale i giornalisti, contrariamente a quello che succede di solito, diedero prova di inconsueta prudenza e straordinaria riservatezza. La città, scossa dall'efferato delitto, aveva bisogno di dimenticare quanto successo al più presto: certi delitti eccellenti sono fortemente destabilizzanti per l'ordine pubblico. Le autorità cui spettava il compito di ripristinare la normalità, prima che si scatenassero pianti collettivi, indignazione teatrale, espressioni sgomente, ordinarono di fare silenzio.

Per una serie di circostanze misteriose, il fascicolo delle indagini finì sul tavolo di Maria Teresa Pajno, detta Marò, vicequestore aggiunto che quella mattina si trovava al mercato con la sorella.

«Marò, sediamoci a prendere un caffè, sono due ore che camminiamo.»

«Aspetta, arriviamo in fondo, alla bancarella delle spezie, mi serve la giuggiulena.» Marò allungò il passo, i suoi fianchi si mossero sotto al vestito sottile e catturarono lo sguardo del pescivendolo che urlò: «Scalò 'a tunnina!», e poi un lungo fischio di approvazione. Dai banchi vicini si levò un applauso.

Marò fece finta di nulla ma il suo petto si gonfiò di soddisfazione, gli sguardi maschili le piacevano, la facevano sentire bella, anche se a Ballarò gli uomini erano di bocca buona.

«Ma come ti spercia di vrucculiarti in mezzo a tutti sti bardasci! E poi a chi ci devi dare da mangiare sto ben di Dio che non sei manco maritata? E sei pure quarantina!»

Marò alzò gli occhi al cielo, chi me l'ha fatto fare di uscire con lei, ma non le rispose, sperando che la conversazione finisse là. Sua sorella e sua madre avevano deciso che dovevano maritarla e negli ultimi mesi non le davano tregua.

Davanti al carretto delle spezie, tra profumi densi e penetranti, il suo cuore palpitò. Alloro, citronella, finocchio selvatico, maggiorana, salvia, rosmarino, timo, cannella e curcuma, le sue narici si dilatarono e le ali del naso tremarono impercettibilmente.

«I cucunci non ce l'hai?» chiese al venditore pakistano che la guardò con occhi smarriti.

«Marò, vedi che la mamma è preoccupata e io pure. Ti dovresti sistemare, e poi una fimmina senza figli...»

«La finisci?» la zittì Marò.

«No, non la finisco. Ti scintinii la vita al commissariato, manco fossi il tenente Sheridan, e intanto le giornate passano e tu rimani schetta e sola.»

Marò si girò di scatto, ora ci litigo.

«Se non la finisci ti tiro i capelli, Nanà.»

«Ti voglio proprio vedere. Sciarriarci davanti a tutti come due picciridde. Aaah!» Nanà urlò di dolore e si massaggiò il braccio. Marò le aveva appena dato un pizzicotto, lasciandole un segno rosso e largo.

«Ma che sei, cretina? Domani questo diventa una mulinciana nera, e mi devo mettere le maniche lunghe perché sennò pensano male di mio marito.»

«Così la finisci.» In quel momento le squillò il telefono.

«Dottoressa, deve venire al commissariato, è urgente.»

«Arrivo.»

Chiuse il telefono e poi, rivolta alla sorella: «Fammi un

favore, Nanà, portami tu la spesa a casa che ho una cosa urgente».

«Macari chistu!» rispose quella con voce piagnucolosa, ma raccolse le buste e si allontanò scuotendo la testa.

Marò aveva finalmente l'occasione per non annoiarsi più nell'ufficio dell'elegante quartiere Politeama. C'era stato un morto ammazzato, spettava a lei assicurare l'assassino alla giustizia.

Ogni delitto è per la società una ferita, perché cicatrizzi c'è bisogno di catturare il colpevole. Se rimane impunito, ecco subentrare l'oblio, che come una valanga di neve cancella le tracce di quanto avvenuto, il nome del morto, lo sgomento, la forza vitale di chi rimane, l'etica di un intero Stato. E se la ferita non guarisce, si trasforma in piaga e poi in malattia.

Muoversi lungo le tracce di questa etica rimossa è compito degli eroi. Essi sono gli anticorpi che curano lo Stato malato. Questa volta il ruolo di anticorpo era toccato a Marò.

III

«D'Alessandro, tu da adesso cammini con la scorta» esordì Lobianco.

«Signor questore, chiacchiere e parulazzi pirtusi non ne fanno. Lei dice ca spararu? Io niente 'ntisi. M'avessero preso, poi... ma contro alla finestra spararu e manco il vetro, per la verità, hanno rotto.»

«D'Alessandro! Pallottole, no simenza! Ma tu mai niente senti quando le cose non ti convengono.»

«Questore, pure lei!» sbuffò il sostituto commissario Rosario D'Alessandro, detto Sasà, e sgranò gli occhi grandi, azzurri, ancora innocenti nonostante gli anni passati in polizia a sospettare di tutti. Era questo il suo tratto più bello: la trasparenza.

Lobianco si alzò con fatica dalla sedia, girò attorno al tavolo e si sedette accanto a lui, aveva un'aria stanca. Aspettò prima di parlare, il fiato grosso come se avesse fatto le scale di corsa. Era invecchiato rispetto all'ultima volta, forse un mese prima, in cui si erano incontrati. Le mani larghe e robuste esibivano un reticolo venoso particolarmente accentuato. La sua abbronzatura, di solito di un bel marrone scuro, sfumava nel verdognolo, mentre il suo corpo solido ed eretto aveva un atteggiamento esitante, oscillava un po' in avanti e un po' indietro, come una pampina al vento. Esprimeva nel complesso una fragilità inusuale per lui, conosciuto per quella forza fuori dal comune che lo rendeva particolarmente virile e, a detta delle sue colleghe, sexy.

«Insomma, signor questore, se le dico che non fu attentato mafioso mi deve credere...»

«Non se ne parla proprio. Da oggi tu cammini con gli angeli custodi, che se ti succede qualcosa poi ci vado di mezzo io.»

«Ma vero dice vossia? Ci bastano quattro timpulate a questa gentaglia! Che poi io lo so chi sono, e se mi dà il tempo ce li porto tirati per un'orecchia e ammanettati con il ferro filato. Ma che fa, dice vero che mette a mia agli arresti domiciliari?»

Il questore questa volta si seccò: «D'Alessandro, mi hai frantumato i coglioni!». Scattò in piedi, il tremore si era accentuato e lo percorreva dalla testa ai piedi, increspando la sua pelle come fosse la superficie del mare. Allargò le gambe, forse per ritrovare saldezza, e pure per ribadire la differenza di grado che li separava: «La gentaglia, come la chiami tu» aggiunse annacandosi a destra e a sinistra, «può decidere da un minuto all'altro di fare concime di te e dei tuoi parenti. Perciò per quello che ti riguarda e per quanto mi compete, da domani sei, come dici tu, agli arresti domiciliari».

«Signor questore, si passi una mano sulla coscienza. Come faccio con le mie zite?»

«È ora che metti la testa a posto. Te ne fai una sola, ufficiale, e così la polizia di Stato non si deve preoccupare quando vai a scopare.»

«Ma proprio vossia parla, che cancia letto e femmina ogni notte! Lo sa che se avesse gli angeli custodi le toccherebbe sempre la stessa brandina arrugginita dentro alla caserma e le mani di qualche volenterosa collega per darle un poco di sollievo...»

«Dammi retta, la scorta ti serve non solo per la tua incolumità, ma magari per tenere a freno il tuo spirito di servizio.»

«E certo, adesso se ne lamenta, però in Calabria... lì, se non fosse stato per il mio spirito di servizio...»

Erano amici per la pelle Sasà e Lobianco, e non è un modo di dire. Si erano conosciuti proprio a San Luca, la loro prima destinazione appena entrati in polizia. Per due anni avevano battuto fianco a fianco l'Aspromonte ricercando banditi e ostaggi. Avevano trascorso tanto tempo in condizioni estreme e in regime di coabitazione forzata, perciò Sasà si permetteva di parlare al questore con confidenza. La vera e propria intimità l'avevano raggiunta quando tutti e due erano stati colti da un violentissimo attacco di emorroidi. Sarà stata la 'nduja e magari il peperoncino, o le lunghe ore trascorse in piedi in appostamenti, fatto sta che tutti e due nello stesso momento marcarono visita.

Fianco a fianco anche in infermeria, stringevano i denti e si scrutavano con curiosità. Sasà parlò per primo ma in modo generico del disturbo. Nonostante il dolore fosse insopportabile, il suo naturale riserbo gli impediva di dare libero sfogo a quel fuoco che gli bruciava nel corpo. Lobianco, a seguire, si abbandonò senza ritegno alla descrizione di ogni dettaglio, anche il più imbarazzante.

Finché, durante una notte insonne trascorsa su due brandine scomode, si confessarono a cuore aperto. E nei successivi giorni di degenza si scambiarono impressioni, consigli, informazioni, rimedi per quella parte del corpo che i veri uomini proteggono e trattano con pudore. Fuori imperversava la bufera di neve.

La recluta Marò Pajno fece il suo ingresso in infermeria portandosi dietro una scia di gelo e il profumo del bosco d'inverno. I due pazienti tacquero immediatamente, dimenticando i loro problemi di fronte all'avvenente collega. Ma ancora prima di presentarsi la donna ordinò con tono scherzoso: «Neve, impacchi di neve sul... culo!», e scoppiò a ridere.

«Fatti i fatti tuoi» dissero in coro i due uomini.

«Vado fuori a prenderla» rispose la poliziotta per nulla intimorita, poi li guardò in faccia e sorrise del loro imbarazzo. Il sollievo arrivò immediato: benedetta neve, che dopo averli fatti sospirare di nostalgia li restituiva alla vita.

Di ritorno dalla Calabria, Sasà aveva lavorato nei luoghi più caldi della Sicilia. E dopo anni di sacrifici ancora non gli avevano affidato la responsabilità di un commissariato. A causa del suo carattere spigoloso e fumantino sarebbe morto Sostituto. Gaetano Lobianco era stato mandato a San Fermo, nella Bassa. E, quando aveva ormai smarrito nella nebbia della Val Padana ogni speranza di tornare a rivedere il sole, era stato nominato questore di Palermo.

Marò Pajno, in virtù di un innato istinto materno, era stata prima assegnata alla sezione minori della questura centrale, poi, sulla base di una presunta debolezza dovuta alla specificità di genere, assegnata al commissariato Politeama, dove non succedeva mai niente. Aveva fatto carriera, era diventata commissaria.

«Signor questore, e se le prometto di non fare altre minchiate? Mi dia qualche altro giorno, giusto il tempo...»

Lobianco lo interruppe: «Senza se e senza cusà, D'Alessandro, da oggi se vuoi fottere ci vai accompagnato dalla scorta!».

IV

Sulla strada lo investì un lieve profumo di mare. La brezza soffiava sulle chiome viola delle jacarande, che vibravano come adolescenti in amore. Le pomelie saturavano l'aria di un effluvio delicato. I loro fiori colorati riuniti a mazzetti sopra ai rami sinuosi gli ricordarono Cosuccia.

Quella ragazza, moglie del direttore della banca di Tummina, "bonissimaaa, culo, tette, brunona, capelli lunghi...", gli aveva tolto il sonno della notte. Erano mesi che si dava da fare con lei e, proprio ora che stava per concludere, quella storia della scorta rischiava di mandare all'aria i suoi piani. Nessuno mette le corna al marito in presenza di testimoni.

Lo squillo perentorio del cellulare lo fece trasalire.

«Sasà, ma che fu?» La voce di Marò arrivava a tratti, attorno alla questura non c'era campo, questione di sicurezza. Allungò il passo verso il porto.

«Niente, niente, Marò.»

«Sì vabbè, ma qualcosa successe.»

«Ora ti ci metti pure tu a camurria?» sbottò D'Alessandro. «Hanno sparato, Marò, contro al commissariato, e precisamente contro alla mia finestra.»

«Un avvertimento!»

«Né avvertimento e manco consiglio.»

Considerò che le notizie corrono in fretta a Palermo. Aveva ancora nelle orecchie il rumore dei colpi che già si era trovato a dare conto al questore, ora all'amica del cuore, mancava all'appello solo la sua portiera.

«Vabbè, ma pallottole erano, no simenza!» continuò lei. Marò lo faceva spesso, pigghiava di sutta e metteva di 'ncapo, e quando sembrava avesse desistito ricominciava da dove aveva lasciato.

«Macari chistu! Spararu, vai a capire perché.»

«C'è bisogno di un motivo? Ci basta che sei uno sbirro e come tuo solito ti stai facendo nuocere.»

«Certo, ora il rispetto della legge si chiama farsi nuocere. Ma tu che mestiere fai?»

«Che c'entra, Sasà, lo sai che a Tummina la mafia si taglia con il coltello e quelli come te se ne tornano a casa con i piedi avanti.»

Sasà fece un gesto vastaso, ma scaramantico, tanto al telefono non si vedeva nulla. Marò, come tutte le donne della sua vita, vedeva mafiosi ovunque.

"Bei tempi quando in Sicilia 'mafia' era parola proibita, allora sì che si stava bene" pensò Sasà, "persino gli sbirri campavano più tranquilli."

«Marò, cu' sta mafia la devi finire. E che è, pezza, che copre qualunque vergogna? Ma lo sai che i picciriddi invece della banda hanno il gruppo della Catturandi? E ti pare che giocano a guardie e ladri? Quando mai, a sbirro e boss. I giornali ci sguazzano, alla televisione c'è la fiction e anche il peto più innocente, se fa rumore forte, è una bomba mafiosa.»

«Sei il solito vastaso, Sasà.» Marò sembrava ora più rilassata, quasi divertita, lui invece sentiva il nervosismo montargli dentro per quei due scimuniti che lo seguivano da lontano.

«Giurami che starai attento» disse Marò diventando seria all'improvviso. La sua voce aveva una nota di tenerezza che lo colpì al cuore.

«Vabbè, te lo giuro, ma ora chiudiamo sta telefonata, fammi il favore, che mi pare di uscire pazzo e devo pure scrivere il rapporto per il questore.»

«Ti saluto Sasà, ma questa sera ti aspetto per cena, pure io ho qualche novità.»

«E che ti porto, Marò?»

«Niente Sasà, panza e prisenza.»

Pasta alla paolina

Ingredienti

Ziti o maccheroncini
Pomodori
Acciughe salate
Aglio
Basilico
Olio extravergine di oliva
Cannella in polvere
Chiodi di garofano
Sale
Pepe

Procedimento

Sobbollire i pomodori e setacciarli, aggiungere basilico, sale, pepe e mezzo bicchiere di olio. Far cuocere a fiamma bassa finché avranno la consistenza di una crema.

Dorare gli spicchi d'aglio in due cucchiai di olio, poi allontanarli e aggiungere le acciughe pulite e spinate. Cuocere fino a ottenere una salsetta. Quindi unirla al sugo di pomodoro e aromatizzare con cannella e chiodi di garofano ridotti in polvere. Amalgamare a fiamma alta per un paio di minuti, lessare la pasta e condire.

Perché alla paolina? La ricetta è stata creata da un frate del monastero di San Francesco di Paola.

V

«Io sono», il cancello si aprì come per magia. I due uomini della scorta lo seguirono anche sulle scale: dalla mattina non lo avevano perso d'occhio un attimo, meglio la galera.

Il sole aveva picchiato duro per tutto il giorno e al tramonto l'umidità del mare era calata sulla città come rugiada. Sasà si sentiva sporco, sudaticcio. Si annusò per cercare odori sgradevoli fin sotto le ascelle, poi si ricordò della scorta e arrossì. Certo, avrebbe fatto meglio a passare da casa per cambiarsi almeno la camicia, avrebbe potuto comprare dei fiori, magari una bottiglia di vino... e invece eccolo là a mani vuote, "panza e prisenza", come aveva ordinato Marò.

Prima di entrare respirò profondamente e si sentì rinvigorito, l'energia è nel fondo dei polmoni. Lei lo accolse con le braccia spalancate. Indossava un vestito rosso aderente, come sempre era bellissima e fresca come una pianta di basilico. Il colore faceva risaltare il nero dei capelli e il bianco dei denti. Erano queste le femmine che lo mandavano al manicomio, scure, formose, mediterranee, e con un naso importante. Sasà immaginò un fine serata intimo, e si pentì subito di non essere andato a casa per una doccia. Gli anni non avevano tolto né aggiunto centimetri alle curve di Marò, e quella minuscola piega tra seni e pancia che nelle donne mature compare per effetto della gravità non era in lei espressione del tempo che passa inesorabile, semmai sembrava un confine che sarebbe stato dolce valicare.

"È così sensuale" pensò, e lesto distolse lo sguardo. Marò lo attirò a sé e lo fece con naturalezza, senza nessuna malizia, come fosse un fratello. Lui ebbe paura che il suo corpo lo tradisse, rivelando il fremito che gli aveva attraversato il ventre. Lo baciò con affetto, la bocca umida appoggiata alle sue gote come si fa con i bambini piccoli, quando non resistiamo alle loro guancine paffute e ci attacchiamo con le labbra a ventosa, tenendo a bada la voglia di mangiarli.

Tutte queste smancerie lo mettevano in imbarazzo. Abbassò lo sguardo e incrociò i capezzoli di lei, dritti e grandi sotto quella maglina sottile. Gli occhi gli si inumidirono, gli succedeva quando si eccitava. Quei due soldatini sull'attenti non appattavano con l'atteggiamento cameratesco né con l'abbraccio innocente, Sasà rimase interdetto, ma era meglio non farsi venire strane idee. Marò era stata l'unica donna che gli aveva resistito e lui quel rifiuto se lo ricordava bene, si era sentito così ridicolo.

Era successo in Calabria, subito dopo l'attacco di emorroidi. Lei era il tipo della donna calamita. Le sue grandi minne e i suoi fianchi sinuosi che premevano contro il tessuto rigido della mimetica erano una tentazione continua. E infatti prima lui, poi Lobianco ci avevano provato. A entrambi piaceva lo stesso tipo di femmina, tutta minne e culo, era una delle affinità elettive che li aveva uniti in un rapporto di stima profonda, reciproca solidarietà, sostanziale parità. A causa di Marò la loro amicizia aveva rischiato di incrinarsi. La gelosia per quel pezzo di femmina li aveva allontanati, mettendo persino in discussione la missione in cui erano impegnati. Rivali, si erano sentiti soli. La malinconia li teneva di malumore durante il giorno e li faceva star svegli durante la notte.

Marò, dal canto suo, li adorava entrambi. Uno per la forza virile che esprimeva, l'altro per la carnalità che emanava. Li avrebbe voluti tutti e due e glielo aveva detto con molta chiarezza.

«Devi scegliere, o me o lui» aveva ordinato Lobianco, che non conosceva mezze misure.

«Non posso» aveva sussurrato lei con voce roca.

«Giusto giusto di una buttana ci dovevamo innamorare» aveva commentato Sasà, che in fondo era un moralista.

Marò aveva capito che non li avrebbe convinti, perciò, non potendoli avere tutti e due insieme, per uscire dalla situazione imbarazzante in cui si era cacciata l'aveva buttata sullo scherzo: «Peccato, vi sarebbe piaciuto. Un bel panino e passa la fame», poi aveva fatto un gestaccio ed era scoppiata a ridere. La sua risata ampia, a gola spiegata, aveva ammorbidito i cuori dei due ufficiali. Non erano riusciti a volergliene per quel rifiuto che li restituiva a un comune destino. Avevano smesso di guardarsi in cagnesco ed erano tornati amici. Si erano stretti la mano: «Senza rancore, D'Alessandro», «Figuriamoci, Lobianco», e da quel momento erano stati inseparabili.

Quanto a Marò, avevano continuato ad amarla. Nonostante la frase greve accompagnata da quel gesto volgare avesse raffreddato un po' la loro passione, decisero di non perderla di vista. «Non si sa mai nella vita» avevano concluso. Nel segreto delle loro anime, sotto una sfilza di "però" e "ma", era rimasto il rammarico di non averla avuta, nemmeno per una sola notte.

Marò si sciolse dall'abbraccio, gli rimase sulla pelle l'impronta del suo seno.

«C'è la pasta alla paolina, Sasà, piena d'acciughe e salatissima, proprio come piace a te.»

"Ma valla a capire" pensò lui.

«Questa è per me, aprila per favore, e poi rimettila in frigo: il vino bianco quando è caldo non si può bere. Per te c'è la Coca-Cola, non ti preoccupare.»

Sorrise, era una buona amica, la migliore, l'unica che avesse. E gli preparava sempre qualcosa di appetitoso. Si allungò sul divano in attesa che fosse pronto. La tavola era colma di patatine, olive, salumi e tutte le schifezze che piacevano a lui. Mentre lei spignattava, Sasà si mise a fantasticare. Nel buio della notte i suoi desideri presero forma e consistenza, fino a diventare una vera e propria allucinazione: vide chiaramente un paio di bambini che giocavano sul pavimento, un cane accucciato ai suoi piedi, sentì persino il cerchio duro della fede attorno all'anulare sinistro.

"Ah, Marò, se solo avessi voluto avresti potuto essere la madre dei miei figli" pensò con struggimento. Sempre così Sasà, impastava i suoi giorni con i rimpianti, evitando accuratamente i rimorsi.

«A tavolaaa!», l'urlo disperse le sue fantasie come sogni al risveglio.

Mangiò in silenzio, assaporando la salsa di acciughe che avvolgeva gli ziti come una guaina sottile. Tra un boccone e l'altro, sfiorava con la mano il braccio morbido dell'amica, l'odore di basilico gli tormentava l'animo.

Si trasferirono sul divano, lei si tolse le scarpe, e Sasà si ricordò delle sue dita piccole e bianche, i talloni lisci e regolari, le piante aggraziate e le caviglie affusolate. Quante volte l'aveva spiata nelle brevi pause durante il pattugliamento, quando lei si sfilava gli anfibi con la sensualità di una spogliarellista.

Gli sembrò che il profumo di tutte le pomelie di Palermo si fosse concentrato in quel solco tra i seni dove lui avrebbe voluto affondare la testa.

«Insomma che fu, si può sapere o no?» Marò aveva parlato pochi secondi prima che la mano di Sasà si appoggiasse sulla sua coscia, quella donna aveva un tempismo formidabile.

Meglio così, perché il rischio era di prendersi un vaffanculo, rovinando l'amicizia che li legava tutti e tre da anni. D'altra parte se l'erano giurato lui e Lobianco: «Né tu né io, non è cosa per noi, a meno che uno di noi due non decida di rinunciare...», e la parola è parola!

«Ma niente, hanno sparato contro la finestra del commissariato...»

«Una qualsiasi? A muzzo?»

«No, la mia.»

«Ma perché, hai arrestato qualcuno? Hai dato fastidio come tuo solito?»

«Marò, che camurria. Questione di fimmine, qui lo dico

e qui lo nego. Perché se lo sa il questore me lo taglia.» Si scolò la lattina tutta d'un fiato e poi alzò gli occhi verso il cielo, scuro, stellato, lo spicchio di luna crescente gli addolcì il cuore.

La commissaria sorrise, i suoi denti si sgranarono al buio come gocce di latte. Gli prese la mano: era secca, fredda e ossuta, l'avvolse nella sua con tenerezza.

«Vabbè, ho capito, niente di nuovo. Io invece ho una novità...» e lo disse con una strana eccitazione.

Sasà si mosse, staccò la schiena dai cuscini e nel buio cercò i suoi occhi e il suo segreto, trovò due pozze liquide e un lago nero.

«Omicidio Maddaloni» sussurrò lei con una certa soddisfazione.

«Vuol dire?»

«Vuol dire che finalmente ho una indagine seria. Lo sai che al commissariato Politeama ci puoi fare la muffa sulla sedia. Non capita mai nulla. Qualche furto di macchina, ogni tanto un borseggio, un turista scippato, ma poi... quartiere residenziale, buona borghesia, molti magistrati, scorte à gogo, e io mi sono sempre annoiata. Ora c'è un omicidio eccellente, finalmente posso mettere alla prova il mio intuito», e si strofinò le mani l'una contro l'altra. Basilico, zagara, pomelia, tutto questo si sprigionò dalla sua pelle calda. A Sasà spuntarono le lacrime e il naso prese a colare per l'eccitazione. Cercò un fazzoletto, poi si asciugò nella manica della camicia.

«Lo conoscevi?» gli chiese con la voce roca. E lui, che non aveva ascoltato le parole, travisando quel tono sexy capì male. Aveva detto: "Facciamo l'amore"? Boh, nel dubbio optò per una risposta vaga.

«Come tutti a Palermo.»

«Sasà, non fare il gesuita con me. Cosa sai di lui, sono anni che ti occupi di mafia...»

«Ancora cu' sta mafia!» non ne poteva più. «La mafia non c'entra. Io una mia idea personale ce l'ho.»

«Perché non me la racconti?» disse Marò avvicinando il viso a quello di lui. E con un respiro che sapeva di mandorla aggiunse: «La notte è ancora lunga».

VI

Nella sua casa fresca si sentì subito meglio. Indossò i Crocs verde mela, regalo di un collega per il suo compleanno. Lui, un elegantone che portava solo calzature inglesi cucite a mano, non aveva gradito l'omaggio.

«Non lo sai che regalare le scarpe porta male?» aveva detto senza nemmeno ringraziare l'incauto poliziotto. «È un chiaro invito ad andarmene.» Poi gli aveva messo in tasca un euro, così quegli zoccoli li aveva pagati e poteva dormire sonni tranquilli.

Però sono davvero comodi, dovette ammettere infilando i piedi nella plastica morbida e scivolosa. Da qualche giorno, sarà stata colpa del caldo, le sue gambe si gonfiavano e le dita cicciotte, costrette dentro alle Church's bucherellate, prendevano a formicolare. Si guardò riflesso nella porta a vetri e fece una smorfia di disgusto: sembrava un puffo.

Si sedette in terrazza con un bicchiere di vino. Le cupole di Palermo si tingevano di rosa e di azzurro al sole del tramonto. Mentre le montagne si scurivano e minacciavano con le loro ombre la città. Era stata una giornata difficile, il delitto Maddaloni aveva sconvolto una routine già abbastanza faticosa. Si era dovuto dividere tra mille impegni ufficiali, compreso il picchetto d'onore alla bara. Poi s'era trovato invischiato in una insidiosa conversazione con il pubblico ministero, che aveva promesso alla vedova un colpevole subito, entro tre giorni, e lo aveva fatto dai microfoni di una tv locale. Il capo della squadra mobile dal canto suo faceva come un taddarita, su quel cadavere pensava di rifondare la propria credibilità, messa in dubbio da una condotta disinvolta, per fare un salto di carriera.

Tutti poi avevano da ridire sul vicequestore aggiunto Maria Teresa Pajno.

«Ma chi, quella bonona che ci manca la parola?» fu il commento acido del magistrato inquirente, che aveva fama di misogino.

Le considerazioni sulle curve dell'amica e sul suo fiuto investigativo gli avevano mandato il sangue alla testa, ma effettivamente Marò da quando era a quel commissariato faceva solo la passacarte. Era ora che anche lei avesse un'occasione per dimostrare i suoi talenti, pensò in un impeto di affetto. E così aveva insistito con il pubblico ministero perché non le togliesse le indagini.

«Dottore, che dice? Io la conosco da anni. Ero insieme a lei sull'Aspromonte, dove ha dato più volte prova di coraggio e sangue freddo.»

«Questore, una fimmina a indagare sul caso Maddaloni, e pure bona... ma lei proprio mi vuole fare distruggere. Se l'immagina quello che diranno i giornalisti? Non aspettano altro che di inzupparci il pane.»

Aveva dovuto faticare molto per convincerlo a tenere

fuori gli uomini della mobile e a lasciare che Marò indagasse senza interferenze. Infine l'aveva spuntata: «Signor giudice, due settimane: passate quelle, il caso torna alla Mobile e se la Pajno per quella data non ha trovato l'assassino io mi dimetto».

«Parola d'onore?»

«Parola d'onore!» L'onore era la merce di scambio più usata a Palermo. "Chissà se i palermitani ne comprendono il significato profondo" si domandò Lobianco.

Il profumo delle belle di notte arrivò come una nuvola improvvisa e aggiunse turbamento al suo animo infelice. "Che sorte infame" sospirò, "questi fiori si aprono quando nessuno può vederli."

Si abbandonò alla malinconia. Vuotò il bicchiere e chiese al destino una tregua.

VII

Quella mattina Palermo era impazzita. Le strade centrali erano state chiuse per il funerale di Maddaloni e tutto il traffico si era riversato sulla circonvallazione, un lungo serpente di macchine nero e fumoso. Sasà passò a prendere Marò in moto, una Guzzi 850 T3. A cavallo della bestia, con gli occhiali scuri, il sorriso beffardo e il giubbotto di pelle, sembrava un rapinatore.

«Te la fidi a salire?» le chiese porgendole la mano.

Lei buttò la testa all'indietro e gli mollò uno scappellotto affettuoso:

«Sasà 'U Smargiassu, ti dovrebbero chiamare! Ma guardati, manco stai aggritta. E magro come sei, se la moto abbucca, a terra rimani», poi salì con un gesto elegante e sicuro. Era agile, muoveva le gambe come se danzasse. La gonna stretta si arrampicò sulle cosce dorate e muscolose. Sasà si commosse: il solito riflesso condizionato, scatenato da uno stimolo sensoriale particolarmente forte.

"Rinocongiuntivite vasomotoria", così l'aveva definita il medico, uno scienziato cui lui ricorreva quando proprio non poteva farne a meno. La cosa gli creava imbarazzo, ma nel giro di poco, più che un problema, questa strana caratteristica si era rivelata un punto di forza che gli aveva permesso di conquistare anche le femmine più ritrose. Chi è capace di resistere a un uomo tanto sensibile da commuoversi di fronte alla bellezza?

«Amunì, tardi è.» Marò si strinse a lui e gli spalmò i seni sulla schiena che si era fatta fredda e sudata. Ah, se solo avesse fatto un cenno: l'avrebbe sposata in quel momento stesso.

Dal Politeama alla cattedrale la strada è quasi tutta dritta, ma Sasà preferì perdersi nei vicoli, desiderava che quel contatto durasse il più a lungo possibile. A Sant'Agostino, bloccato dal mercato, fu costretto a tornare sulla strada principale, e da via Maqueda in un attimo si trovarono a destinazione. Traccheggiò prima di posteggiare, il profumo di lei era così dolce.

«Pari 'ntamato» commentò Marò, e fu lesto allora a chiudere il lucchetto. S'incamminarono quindi sul brecciolino del sagrato.

Il feretro era già arrivato e il corteo funebre faceva il suo ingresso accolto dal *Dies irae*.

La vedova, piccola e magra, entrò sostenuta da una ragazza aggraziata e premurosa. Sembrava sua figlia, ma l'avvocato Maddaloni figli non ne aveva, perlomeno ufficialmente.

Marò si fermò in fondo, volgendo gli occhi grandi e neri in tutte le direzioni. Nell'aria densa di incenso e di corruzione, il suo naso fremeva come fosse un segugio, puntando ora l'uno ora l'altro di quegli uomini dai capelli grigi e dai vestiti blu.

Nelle prime file i corpi dei potenti di turno si atteggiavano a seconda del loro stato d'animo. Sembravano parlare. Alcune schiene curve sussultavano, forse per il dolore; altre, dritte e immobili, esprimevano indifferenza, la cosa non li riguardava. Marò si spostò avanti, lungo la navata di destra, e si fermò a ridosso della cappella di Santa Rosalia. Ora poteva vederli in faccia: abbronzati, pallidi, rubizzi, gialli d'invidia, verdi di bile, i volti tradivano tutti l'orgoglioso senso di appartenenza alla casta. Il ventre molle del potere era lì a esibirsi compiaciuto.

Negli altri banchi, in ordine sparso, amici e nemici, curiosi e pettegoli, giovani avvocati in cerca di sponsorizzazioni, collaboratori, tra cui anche il muscoloso praticante dal sorriso beffardo. Marò non si lasciò scappare nulla, annotò mentalmente ogni particolare, fotografò i dettagli con le sue pupille lucide.

Sasà invece si mostrava annoiato. Ne aveva visti tanti di funerali di alto rango, e gli erano sembrati tutti uguali. Un evento monotono e monocromatico, fatto di sussurri interrotti da urla di indignazione, squarciati da interrogativi senza risposte, da moniti alla legalità puntualmente disattesi. Lo sguardo fisso al pavimento, sembrava interessato solo alle sue scarpe. A tratti gli occhi celesti si alzavano per scrutare il corpo esile e i fianchi acerbi della giovane accompagnatrice della vedova. Poi con un sussulto d'imbarazzo ritornavano alle scarpe. Il funerale durò a lungo, il vescovo tuonò contro la violenza, le autorità sciorinarono le loro vuote formule contro gli uomini di mafia, poi in una nuvola d'incenso la bara uscì sul sagrato, accolta dall'applauso dei presenti.

«Che minchia ci applaudono?» disse Sasà, che considerava la morte una vergogna da nascondere, un po' come fare la cacca al mattino. A Marò venne da ridere, conosceva il suo pensiero recondito.

Improvviso si alzò un forte vento che spettinò i capelli dei presenti, rivelando osceni riporti e disgustose pelate rosee. Le corone di fiori presero a oscillare come le colonne del tempio di Giove Serapide, i nastri viola si intrecciarono disordinatamente, una nuvola di polvere avvolse la cattedrale: sembrava davvero il giorno del giudizio.

VIII

Marò era seduta alla sua scrivania, stringeva tra le mani una tazza di caffè caldo e il suo sguardo vagava fuori dalla finestra, oltre l'enorme piazza Ruggero Settimo. Salì lungo la facciata del Politeama, vagò attorno alla quadriga di Apollo del Rutelli, scavalcò i cavalli bronzei del Civiletti, per poi perdersi sul tetto grigio-verde e scivolare verso il porto, era là che la conduceva l'irrequietezza. Le navi ancorate in attesa di salpare le mettevano addosso una strana eccitazione.

Il senso del dovere la riportò alla realtà. «Basta ricreazione» si disse, «è ora di cominciare a lavorare.» Ritornò ai fogli che aveva sulla scrivania, tra quelle righe c'era tutta la vita della vittima, che si intrecciava a quelle dei notabili dell'isola e non solo.

Rilesse con attenzione. Il morto era stato più volte assessore, alla Sanità, ai Lavori pubblici, alla Programmazione economica, consulente di un paio di ministri della Giustizia, aveva fatto parte dei consigli di amministrazione delle più grandi imprese, da tre anni era persino responsabile del comitato per i festeggiamenti di Santa Rosalia – insomma, sempre in mezzo come il prezzemolo. Da quel garantista che era aveva difeso con la stessa passione e il medesimo impegno mafiosi d'alto rango e delinquenti di piccolo calibro. E a tutti dispensava consigli, forniva sostegno, elargiva solidarietà. Le sue parcelle erano roba da miliardari, ma i meno abbienti potevano contare sul patrocinio gratuito. Su di lui mai l'ombra di un sospetto, una diceria, un pettegolezzo, nessun avviso di garanzia, né accertamenti fiscali: un galantuomo. Lo spartito della vita di Maddaloni non conteneva note stonate e l'intero pentagramma risuonava in piena armonia.

Accese il computer, digitò "Ruggero Maddaloni". Comparvero una infinità di voci, tutte legate alla professione. Ridusse la ricerca alle immagini e con sua grande meraviglia ne comparvero solo tre, due formato tessera e una a figura intera. La ingrandì. Era una tipica faccia siciliana, con i capelli corti brizzolati, un taglio all'ultima moda, da architetto berlinese. Eccola, la prima nota stonata. Gli occhi chiari e vacui, il naso aquilino, i baffi da carabiniere, il doppio mento. Non sembrava muscoloso, ma doveva essere forte se aveva resistito a quella gragnuola di bastonate. Se non gli avessero dato quel colpo in testa... lo fissò a lungo negli occhi, ma cosa sperava, che quel volto sullo schermo si mettesse a parlare e magari le suggerisse il nome dell'assassino?

"Dopo anni di burocrazia il mio intuito è andato a farsi fottere" si rammaricò la commissaria. Si sentì a disagio e anche un po' stupida. Quindi chiuse tutto, arrabbiata con se stessa, afferrò la borsa e uscì dal commissariato.

L'ispettore Fedeli la intercettò nel corridoio: «Dottoressa, ci sono i verbali degli interrogatori dei testimoni».

«Dopo, Fedeli, ora non posso.» E corse fuori, aveva bisogno di respirare.

La piazza assolata era piena di gente. Palermo non si vuota mai, se non nel giorno di Ferragosto, e solo all'ora di pranzo. I fumi del traffico la fecero starnutire. Per sfuggire allo smog si incamminò verso via Principe Belmonte, l'unica isola pedonale in tutta la città. Marò aveva una terribile sensibilità ai pollini e agli agenti inquinanti, che sfociava facilmente in allergia. Il suo naso, nel corso del tempo, si era allargato e campeggiava, importante e solido, al centro del volto. Oltre al volume, era aumentata anche la percezione degli odori, a conferma del fatto che la funzione sviluppa l'organo. Affinato questo suo talento naturale, era diventata un formidabile segugio: riusciva persino a catalogare le persone sulla base dell'afrore che emanavano. Le capitava per esempio di annusare un profumo e poi prevedere le intenzioni di chi lo portava. Quelle narici svasate conferivano al suo viso un'espressione seria e indagatrice, molto appropriata ora che faceva l'investigatrice sul serio.

Si fermò al bar per una granita di gelsi, ottimo antidoto contro il caldo. Di nuovo in strada, lo sguardo spaziava tra le vetrine eleganti e si incantò su quella di una gioielleria.

Una collana antica attrasse la sua attenzione. Immersi in una fitta rete di pampine delicate, piccoli melograni scolpiti in un pezzo intero di corallo di Sciacca mostravano i loro chicchi sugosi. Entrò e chiese di provarla. Al collo le sembrò ancora più bella. Indecisa, si pavoneggiava allo specchio, del tutto dimentica dell'ansia che da qualche giorno le serrava il petto. Chiese il prezzo, costava molto.

«Sa che il melograno è simbolo di fertilità? Questa collana è una sorta di talismano, guardi quante granatine» disse sussiegosa la commessa.

Marò l'acquistò e dopo si sentì meglio. Non aveva più voglia di chiudersi in ufficio, così decise di andare a trovare la vedova Maddaloni. Chiamò il commissariato per avere l'indirizzo, via Principessa Clotilde, Aspra. Perfetto, proprio quello di cui aveva bisogno, una passeggiata al mare.

Ci andò in moto. Bella, a cavallo di una magnifica Vespa primavera del 1968 di un rosso rutilante, faceva voltare gli uomini al suo passaggio. Ferma al semaforo, un vigile le fece cenno di indossare il casco. «Troppo caldo per ubbidire alle leggi!» rispose con uno dei suoi migliori sorrisi. Ma poiché lui insisteva, Marò tirò fuori il tesserino da poliziotto. I piccoli privilegi erano la parte migliore del suo lavoro. Il vigile salutò con eccessivo ossequio, era chiaro che la prendeva in giro. Il semaforo si fece verde e lei dovette ripartire, rimase sull'asfalto l'impronta del suo tacco.

La fila di eritrine color fuoco ondeggiava alla brezza e a via Messina Marina comparve il mare. Marò guidava con gioia: su quella Vespa si sentiva libera, il vento tra i capelli le dava una sensazione di felicità piena. Godeva del paesaggio così maltrattato eppure ancora magnifico.

La villa era chiusa da un cancello verde, il profumo delle magnolie si mischiava a quello di pitosforo, troppa grazia per il suo naso. Ebbe quasi un capogiro, un olfatto come il suo poteva diventare una maledizione.

Si coprì le narici con un fazzoletto e poi suonò con delicatezza. Un cameriere, forse tunisino, la guidò all'interno. La vedova era seduta all'ombra di un ficus gigantesco, stringeva tra le mani una grossa Bibbia dalla copertina in cuoio.

IX

«Buongiorno signora, mi spiace disturbarla, ma devo farle alcune domande», Marò tese la mano per salutarla, non di taglio come si fa di solito ma di piatto, mostrandole il palmo come quando si vuole conquistare la fiducia di un cane. La Maddaloni sembrò non fare caso a quel dettaglio.

«Si accomodi, commissario, o preferisce che la chiami *commissaria*?», e sorrise scoprendo una fila di denti gialli e un po' storti. Era ancora più secca del giorno del funerale, la pelle tesa sugli zigomi sporgenti, la fronte attraversata da una serie di rughe sottili e parallele alle sopracciglia. L'ultimo di questi solchi si piegava verso il basso, allargandosi in due tozzi segmenti che inglobavano la radice del naso, una specie di terzo occhio. Dava l'impressione di essere agitata, in preda non già a un dolore, ma a un conflitto interiore che risucchiava le guance magre.

«Come preferisce lei, signora.»

«Bene, si accomodi. Gradisce un caffè?»

«Grazie sì, con questo caldo mi sento a terra.»

La donna fece un cenno discreto e la ragazza che le stava accanto scomparve all'interno della casa.

«Che bel posto!» esclamò con voce gioiosa Marò guardandosi intorno, ma era stata inopportuna, se ne rese conto subito e arrossì: «Mi scusi, mi spiace per quello che è successo e le faccio le mie condoglianze».

«Appartiene da sempre alla mia famiglia, io qua ci sono cresciuta. Anche a mio marito piaceva molto.» I suoi occhi, tondi e mobili, vagavano tra i rami di un sontuoso glicine che si arrampicava sulla facciata della villa. «Speravo di poter crescere i miei figli in questo giardino, ma non ne ho avuti. Il Padreterno non...» Marò non aspettò che finisse il discorso e l'interruppe: «Capisco bene cosa significa non avere figli», quell'accenno alla maternità negata l'aveva colpita al cuore, ma la vedova non sapeva che farsene della sua solidarietà e la fissò con occhi severi.

"Cammino sulle uova" pensò Marò, "forse è meglio lasciar perdere i convenevoli, c'è il rischio di incartarsi."

«Ho bisogno di farle alcune domande, se la sente di rispondere?» chiese senza giri di parole.

La donna calò la testa con una mossa energica e assertiva.

«Suo marito aveva nemici? Era stato minacciato? Le era sembrato preoccupato negli ultimi tempi?»

«Commissaria, quanta foga! Pare una mitragliatrice.»

Marò alzò le mani. La signora, davanti a quel gesto di resa, aveva sorriso, poi si era appoggiata allo schienale della poltrona. "Beato chi la capisce questa" pensò la commissaria, ma i tratti pacificati della Maddaloni la rincuorarono.

«Mio marito era un uomo perbene, più amato che temuto. *Rara avis*, per un professionista del suo calibro. Che io sappia non ne aveva nemici, faceva tanto bene! Non riesco a immaginare nessun motivo per volerlo morto. Difendeva tutti, ricchi e poveri, senza distinzioni. Dava consigli e pareri a chiunque glieli chiedesse.»

«Negli ultimi tempi le sembrava preoccupato?»

«Il suo unico cruccio era quello dei figli. Avrebbe voluto una famiglia numerosa, amava tanto i bambini. Ma il Signore ha disposto diversamente.» La tensione iniziale sembrava essersi sciolta in un dolore sincero.

"È triste non avere figli, speriamo di fare in tempo ad averne almeno uno" pensò Marò preoccupata. A trentotto anni suonati, sapeva di non avere ancora molto tempo. Intanto era arrivato il caffè. La ragazza posò il vassoio con le tazze e silenziosamente si allontanò.

«... discendenza non sarebbe stata sua, quando si univa alla moglie di suo fratello disperdeva il suo seme per terra...»

«Prego?» Marò, persa dietro al suo rammarico, colse solo le ultime parole, e poi la signora Maddaloni aveva abbassato la voce, quasi sussurrava.

«Stava dicendo, signora?»

«Niente, niente, una citazione.» La vedova aveva di nuovo lo sguardo torvo e la mascella serrata. Il suo atteggiamento mutava repentinamente, passando dall'ostilità alla confidenza, senza alcun nesso con la conversazione in corso. Marò era disorientata.

«Perché non ci aggiunge una scorzetta?», la Maddaloni le indicò un piattino, c'era adesso sul suo volto tirato una sofferenza così forte che aveva assunto l'aspetto di un'eroina tragica. Gli occhi erano febbricitanti, le guance soffuse di un colorito roseo, il respiro affannoso. Sembrava una malata di tisi nel momento dell'eccitazione. Marò si mise in allarme, non aveva mai visto una somatizzazione del lutto di quel tipo. Doveva agire con molta cautela.

«Il limone nel caffè?» domandò per cambiare discorso.

«Provi, ci sta benissimo. Oppure un paio di granelli di anice stellato.» La Maddaloni le mostrò un barattolo di vetro colorato, le sue guance erano di nuovo pallide e il respiro regolare. «Provi.»

Si lasciò convincere, e fece bene, perché un profumo di agrume le solleticò con delicatezza il naso, poi come una carezza arrivò fino alla sua anima. Chiuse gli occhi e allungò le gambe, provò un piacere fisico.

«Buono, vero?» Alla vedova non era sfuggita la piega languida delle sue labbra e, sorridendo sorniona, aggiunse: «A mio marito piaceva berlo così. Aveva preso questa abitudine in Africa... amava molto quella terra, aveva il mal d'Africa. Io non potevo accompagnarlo per via della malaria, il chinino mi fa stare male».

«Ci andava spesso?»

«Cinque, sei... anche dieci volte in un anno. Appena aveva un po' di tempo libero. Al ritorno mi descriveva paesaggi, tramonti, colline incantate.»

"Bah" pensò Marò, "cose da ricchi."

«Mio marito, buonanima, era l'uomo più mite della terra» riprese la donna, quindi fece una pausa, portò la mano sul petto, si accarezzò il cuore affaticato. «Ha visto quella picciotta che ci ha portato il caffè? Caterinedda è una delle sue tante opere buone. Il padre non poteva mantenerla e mio marito me l'ha portata a casa. Quando arrivò aveva dieci anni, una bestiolina selvatica, ho dovuto faticare per addomesticarla. L'abbiamo trattata come una figlia, è una figlia. Le ho insegnato tutto, a mangiare, a lavarsi. L'abbiamo mandata a scuola, la migliore di Palermo, le abbiamo persino fatto un fondo assicurativo per quando sarà maggiorenne... una figlia. Lui ha pensato a tutto, ecco chi era mio marito, un padre generoso, un uomo insostituibile.»

La donna tacque, aveva di nuovo l'affanno. Tirò fuori uno spray dalla tasca, l'avvicinò alla bocca, due puff e dopo pochi secondi riprese a respirare normalmente.

«Mi scusi, sa, la mia asma in questi giorni è peggiorata.»

Marò abbassò lo sguardo, si morse le labbra, cercava le parole giuste per consolarla, non le venne in mente nulla. Rimase in tutto un'ora, non cavandone nessuna informazione concreta, solo qualche impressione contraddittoria. Si congedò quindi con un abbraccio, come se salutasse una vecchia amica. La Maddaloni aveva in quel momento un che di ingenuo, qualcosa di incantato nello sguardo che la faceva assomigliare a una bambina ritardata. Non ricambiò l'abbraccio, le tese la destra con freddezza, mentre l'altro braccio penzolava lungo il fianco e tutto il suo corpo era scosso da un lieve tremore. Marò ne ebbe pena.

Pasta ch'i sardi a mari

Ingredienti

Maccheroncini
Finocchietto selvatico
Acciughe salate
Pinoli
Uvette
Cipolla
Olio extravergine d'oliva

Procedimento

Lessare un mazzetto di finocchietto, scolarlo e tagliarlo a pezzi. In una padella far dorare una cipolla in olio, unirvi i filetti di sei acciughe salate facendoli disfare, quindi un cucchiaio di pinoli, uno di uvetta e il finocchietto. Mescolare bene e far cuocere per dieci minuti, il tempo di lessare i maccheroncini che saranno conditi con questa salsa ben calda.

Perché con le sarde a mare? Un piatto povero, talmente povero che non sono state impiegate nemmeno le sarde, lasciate, infatti, *a mare.*

X

Marò si era lasciata suggestionare dall'atmosfera di quella villa maestosa ed elegante, che tuttavia trasudava solitudine e infelicità. Si sentiva arida come certi terreni dell'entroterra siciliano, che non vedono acqua per anni. Appena fuori dal cancello telefonò a Sasà per invitarlo a cena, ma più che di invito si trattava di una convocazione: non aveva voglia di mangiare da sola.

Aveva percorso la strada del ritorno lentamente, cercando di lasciarsi alle spalle la penosa sensazione di inutilità che negli ultimi tempi le causava il fatto di essere single. La sterilità della vedova Maddaloni aveva agito da catalizzatore e ora si trovava suo malgrado a fare i conti con un desiderio di maternità quasi angoscioso. In ufficio per fortuna il lavoro la travolse.

Interrogò alcuni testimoni, mancava all'appello il posteggiatore. L'avrebbe fatto convocare il giorno dopo, tanto di sicuro anche lui non aveva visto niente. Il tempo era passato veloce e le amarezze erano rimaste alle spalle.

Era quasi ora di cena quando arrivò a casa. Sasà era di

solito puntuale e c'era da scommetterci che alle nove precise avrebbe suonato alla porta, salvo complicazioni. "E speriamo che non ce ne siano, di complicazioni" si disse Marò, preoccupata per le ultime minacce ricevute dal suo amico.

Preparò in fretta il sugo per la pasta. Mentre apparecchiava, un refolo di vento agitò le foglie delle piante odorose sul davanzale della finestra. Un profumo dolce di menta si sparse per la stanza e si sovrappose a quello del soffritto. Sospirò Marò, come per un desiderio non ancora soddisfatto. Aveva ormai trentotto anni e il pensiero di un figlio stava diventando un chiodo fisso. Si sentiva sola, specie alla sera a tavola, quando si sorprendeva a canticchiare per farsi compagnia. E nelle notti d'inverno sarebbe stato bello stringere tra le braccia qualcosa di più di una borsa dell'acqua calda.

Molti uomini l'avevano amata, ma lei non ne aveva voluto sapere. Innamorata di Sasà e Lobianco, si era trascinata nell'illusione di poterli avere tutti e due, prima o poi. Ma chi troppo vuole... ora si rendeva conto che l'indecisione le stava costando davvero troppo. Forse però non era tardi, avrebbe potuto provarci con Sasà. Tra i due le sembrava il più malleabile, e poi era così bello. Il loro bambino avrebbe potuto avere gli occhi intensi del padre, e il suo sguardo ingenuo.

"La bellezza è importante, perché se poi mi nasce un figlio brutto? Certo, è un po' svitato, e per fare famiglia ci vogliono solidità, costanza, equilibrio... Lobianco da questo punto di vista sarebbe il padre ideale: sempre uguale a se stesso e privo di sorprese."

Era ancora persa nel suo triangolo amoroso quando Sasà arrivò. Erano le nove in punto, panza e prisenza come sempre, troppo timido forse, o volutamente distratto, per comprare quel mazzo di rose rosse che avrebbe reso tutto più semplice e gli avrebbe aperto la porta del cuore dell'amata. I suoi angeli custodi, dopo aver esplorato la tromba delle scale, lo lasciarono sulla porta. L'abbraccio tra loro fu più caldo del solito. Il corpo di Marò aderì a quello dell'amico con morbidezza, era un invito? Nel dubbio qualunque uomo avrebbe tentato un'avance, un bacio di sfuggita sulle labbra, un'ambigua carezza su un braccio, ma non Sasà, che non tollerava rifiuti.

«Pasta con le sarde a mare» annunciò trionfale Marò.

«Ti dimenticasti di comprare le sarde?» Il solito sarcasmo di Sasà.

«No, è che era tardi e ho dovuto arrangiarmi.»

«L'odore mi pare buono.»

Si sedettero l'uno accanto all'altra come due turisti giapponesi, e mangiarono in silenzio. Marò lo osservò più volte di sottecchi. Il suo amico ingoiava di corsa, quasi senza masticare. Quando il piatto era vuoto, Marò lo riempiva di altra pasta, e lui volentieri si piegava alla sua insistenza: «Prendine ancora un po', l'ho fatta apposta per te». Buttava giù un boccone dietro l'altro strabuzzando gli occhi, come se facesse uno sforzo fisico, quasi che i maccheroncini dovessero farsi strada verso lo stomaco attraverso un percorso tortuoso e stretto. Poi beveva a grandi sorsi la Coca-Cola che scendeva lungo la sua gola con un gorgoglio, come acqua nei tubi intasati. Le bollicine sparivano nella sua bocca con un sibilo frizzante.

L'aria era più fresca quando uscirono sul divano in terrazza a fumare. L'odore del tabacco non riuscì a sopraffare il profumo di menta che accompagnava i loro sogni impossibili. In silenzio, persi dietro ai desideri, rimasero per un po' a cullarsi nella stessa illusione: quella di essere una famiglia. Se solo avessero avuto il coraggio di parlarsi con sincerità, come sarebbe cambiata la loro vita!

«Novità?» chiese Sasà, così tanto per dire una cosa, il silenzio lo rendeva nervoso.

«Mah! A un certo punto le giornate sono tutte uguali.»

«Non volevo una risposta filosofica, mi riferivo alle indagini» replicò lui, che in quanto a scucivulizza poteva dare lezioni all'università.

Marò saltò sul divano, era arrossita per quel momento di debolezza e cercò di rimediare imbrogliando le carte: «E io pure parlavo di quello... Maddaloni faceva sempre la stessa vita...».

Sasà stette al gioco, in fondo neanche a lui piaceva affrontare argomenti intimi, l'affetto e la confidenza lo imbarazzavano più di un delitto.

«L'avvocato era un pezzo grosso, aveva difeso una serie di mafiosi, molti in regime di 41 bis, ma era anche rispettato e apprezzato. Si muoveva lungo la linea di confine tra legge e malavita con disinvoltura. Lo sai che non ha mai perso una causa?»

Marò fu interrotta da una salva di fuochi d'artificio. Stelle cadenti, nastri filanti rossi e azzurri, girandole verdi che scoppiettavano rumorosamente, fulmini gialli che attraversavano il blu della notte come comete. Di lì a pochi giorni ci sarebbe stato il *fistino*, si trattava di prove tecniche. Dopo la masculiata finale, tre botti secchi uno dietro l'altro, ripresero a parlare.

«Mi sono ripromessa di controllare gli atti della commissione Sanità della Regione. Maddaloni era stato incaricato da poco della revisione del prezzario...»

«Marò, ma tu vero pensi che sia un delitto mafioso?»

«Lo dicono tutti, Sasà.»

«E tu ci vai appresso?»

«E tu che faresti?»

«Marò, ragiona un momento. Secondo te un mafioso che vuole ammazzare aspetta l'ora di punta, quando c'è un sacco di gente all'uscita del tribunale?»

«Be', magari è un atto dimostrativo...»

«E ha bisogno di tutti quei testimoni per dimostrare cosa? E poi quel modo assurdo di colpire...» S'interruppe, qualcosa lo aveva distratto. Forse la spallina del vestito che era scivolata e lasciava intravedere l'attaccatura del seno.

«Scusa, ma l'hanno ammazzato come un cane!»

«Marò, quello non lo voleva ammazzare. Quello lo voleva bastonare solamente. Ragiona.»

«Ho ragionato! Che ti pare, che la testa ce l'ho per far da contrappeso al culo?» rispose Marò, piccata. La paura di fallire stava montando come panna dentro un frullatore. Sasà ebbe un moto di tenerezza e addolcì i toni.

«Scusa, è che la dinamica del delitto è anomala. Considera che il primo colpo è arrivato al ginocchio, per non farlo scappare. Poi una serie precisa di mazzate, una dietro l'altra e tutte alle braccia e alle gambe... no, non lo voleva ammazzare, lo voleva struppiare.»

«Sì, ma Maddaloni è morto.»

«Per puro caso. Ma ti pare che uno che vuole ammazzare dà una serie di bastonate, tutte in punti non vitali, e scappa mentre quello a terra ha ancora la forza di parlare?»

«Però poi è tornato indietro...»

«Appunto! Torna indietro perché si ricorda di qualcosa. Come se un pensiero molesto gli avesse attraversato la mente all'improvviso. Un'immagine spiacevole, disgustosa, che spunta dai recessi della coscienza, e gli fa perdere il lume della ragione. In preda a una rabbia furiosa che fino a quel momento è riuscito a tenere a bada, ma che ormai è fuori controllo, l'aggressore torna indietro e, nonostante il rischio di farsi acchiappare, o perlomeno riconoscere, lo fredda con un colpo secco alla testa. Bada Marò, quell'uomo parte per dimostrare e finisce per ammazzare. No, non si tratta di un crimine premeditato, ma di un omicidio preterintenzionale.»

L'ipotesi di Sasà era piuttosto originale ma il suo amico era un grande investigatore, mentre lei era alla prima prova. Ammazzare un penalista che non perdeva mai una causa, be', nessun mafioso l'avrebbe fatto: prima o poi uno come Maddaloni sarebbe potuto tornare utile. Che senso aveva privarsi di una tale risorsa?

«Devi cercare in famiglia, tra i parenti, quelli più stretti, è sempre lì che si trova il colpevole» tornò a bomba Sasà.

«E io ci sono stata dalla vedova, una signora gentile, perbene...»

«Marò, certo che ste minchiate quand'eri giovane non le dicevi» la zittì Sasà infastidito. «Te lo ricordi quando hanno rubato i gioielli di mia zia?».

«Sasà, ma ora che c'entra tua zia?»

«Ci trasi, ci trasi. Sono stato io. Avevo perso a carte, dovevo pagare un debito di gioco e così le ho rubato i gioielli, poi li ho impegnati. La settimana dopo ho vinto e perciò ho recuperato i gioielli. Ecco chi era il misterioso ladro di Cefalà Diana!»

"È davvero matto" pensò Marò, proprio per quello forse le piaceva.

«Fai attenzione, però» aggiunse lui facendosi serio, «andare controcorrente è la mia regola di vita, ma in una città come Palermo può essere fatale.»

Marò non rispose, si sentiva improvvisamente inadeguata, la paura di fallire le fece sentire freddo. Si versò un altro bicchiere di vino, si allungò vicino al suo amico. Poggiò la testa sulla spalla di lui e si permise il lusso di una fantasia. Provò a immaginarsi sposata, si accarezzò la gonna e sospirò, sarebbe stato bello fare la moglie, avere un figlio di Sasà dentro la pancia... avrebbe avuto una valida scusa per sfuggire alle sue responsabilità.

XI

Sasà aveva dormito nella sua tana di Palermo, un monolocale al primo piano di un palazzo anni Sessanta. Uno di quegli edifici a rischio crollo perché costruiti con cemento impoverito. Lì si sentiva al sicuro, aveva licenziato la scorta, nessuno avrebbe potuto penetrare in quel bunker. C'erano cancelli di ferro e vetri blindati alle finestre che non apriva da anni. L'aria era calda e pesante, l'odore stantio del fumo di mille sigarette era nauseante, ma lui non ci faceva caso. Al contrario di quello di Marò, il suo olfatto era atrofizzato.

La mattina dopo si mise in macchina diretto a Tummina. Gianni e Pinotto lo seguivano con la loro auto. La superstrada per Agrigento era deserta, solo qualche camion carico di angurie. La vallata brillava d'oro, il grano maturo era alto e pronto per la mietitura. Attraversò due lunghi viadotti e gli sembrò di toccare il cielo, in lontananza montagne larghe e brulle. Si sentiva forte, pieno di amore per la vita. Arrampicato su una parete rocciosa, prima del Bosco della Ficuzza, il paese di Mezzojuso sembrava dovesse franare a valle da un momento all'altro. Osservava il paesaggio come se lo vedesse per la prima volta. In realtà conosceva bene quella zona, sua madre era nata a Corleone, dall'altro lato della Ficuzza. Da bambino aveva giocato sul costone di Rocca Busambra, sprofondando nella coltre di nuvole che spesso ne avvolgeva la cima. Perciò quando Lobianco lo aveva spedito a Tummina per vedere che aria tirava, lui non ne aveva fatto un problema. Poi un giorno, senza nessun preavviso, il capo della polizia lo aveva chiamato chiedendogli di dare la caccia a Pinuzzu Incognito, capo della famiglia dei tumminesi, latitante da anni. Non si trattava di un incarico ufficiale, ma di una sorta di accordo tra gentiluomini. In quell'ufficio elegante del centro storico di Roma si erano stretti la mano: «D'Alessandro, se fai bene il merito è nostro, ma se sbagli la colpa è tua e noi non ne sappiamo niente. Per te garantisce Lobianco».

"Be', la vita è rischio" si era detto, e aveva ubbidito senza discutere, consapevole che la sua carriera da quel momento in poi sarebbe dipesa dalla benevolenza del capo della polizia, e dalla copertura del questore.

Alla sua sinistra comparve l'enorme centro commerciale di Boscolacca. Le tracce di Incognito portavano tutte a quell'orrendo castello all'interno del quale si concentravano negozi di cattivo gusto, supermercati, inutili ferramenta, persino concessionari. Un oscuro geometra di provincia considerato il prestanome del boss aveva acquistato le aree agricole di quella landa desolata per una manciata di soldi. Nessuno dei proprietari dei terreni aveva potuto rifiutarsi. A tempo di record il consiglio comunale di Boscolacca aveva varato il nuovo piano regolatore, trasformando la zona da agricola a edificabile. Per le famiglie mafiose che imponevano il pagamento del pizzo ai negozianti quel centro commerciale costituiva un affare di miliardi: all'occorrenza potevano riciclare il denaro illecito proveniente dal traffico di droga, e in ultima analisi disponevano persino di uffici dove trattare le loro questioni al riparo da occhi indiscreti. Per i politici era una manna dal cielo e vittoria elettorale assicurata. Attraverso le assunzioni forzate riuscivano infatti a controllare un considerevole pacchetto di voti.

Sasà aveva cominciato a cercare le prove "du tavulinu", il tavolo di concertazione tra mafiosi e politici per la spartizione degli appalti nella provincia di Palermo, di cui Incognito era stato promotore, perciò ogni mattina andava a prendere il caffè al bar del centro commerciale. Lì aveva conosciuto Cosuccia. Il pensiero delle sue cosce bianche inguainate dentro alle sottili calze color fumé lo colse all'improvviso. Due grossi lucciconi comparvero agli angoli degli occhi, quasi mancò lo svincolo per Collefiorito. Rallentò sulla rampa, non gli piaceva rischiare la vita per nulla. Non aveva paura della morte, Sasà, si comportava anzi come se fosse immortale. Tra loro due vigeva un patto di non aggressione, lui si comportava da eroe e la morte lo risparmiava.

«Vedi che strana è la vita» disse a voce alta, «lontano da Tummina l'avevo dimenticata, a Cosuccia, lontano dagli occhi lontano dal cuore. Ora che mi avvicino al paese, la penso così forte che quasi mi pare di toccarla. Ah, l'avessi tra le mani, mi basterebbero dieci minuti.»

Il suo desiderio aveva però perso l'urgenza che aveva avuto in passato e somigliava più a un ricordo che fa compagnia nei momenti di solitudine. Suonava a più riprese il clacson prima di ogni curva, sulle strade di provincia capita spesso di trovare un cane randagio che passeggia al centro della carreggiata, una mucca uscita dal branco, una buca improvvisa che mette a rischio le sospensioni della macchina. Guidava distrattamente, concentrato sulle indagini. Il boss era lì, ne era sicuro, tra quelle campagne. In uno di quei casolari c'era il suo covo, entro sei mesi lo avrebbe catturato, parola d'onore. Raddrizzò la schiena e sprofondò nei suoi pensieri.

Fu all'uscita di una curva che si trovò davanti, senza alcun preavviso, una mototrebbia. Procedeva quasi a passo d'uomo e, grossa com'era, occupava tutte e due le corsie. Sasà urlò e inchiodò. Solo per pochissimo riuscì a evitare un incidente rovinoso, i denti di quel dinosauro sarebbero penetrati nella lamiera dell'auto senza alcuna difficoltà e avrebbero fatto carne tritata dei suoi muscoli. Non riuscì invece a evitare che i due angeli custodi che lo seguivano lo tamponassero, e senza neanche un accenno di frenata.

«Porcabbuttana! E voi dovreste proteggermi?» li aggredì Sasà.

«Dottore, non abbiamo avuto il tempo di...»

«Ma chi mi ha messo alle calcagna il questore? Altro che poliziotti, Gianni e Pinotto avrebbero fatto meglio.»

«Dottore, ma non è colpa nostra se lei frenò tutto insieme», i due non avevano tutti i torti, ma lui li fulminò con un'occhiataccia, quindi decise di indirizzare la sua rabbia contro il vero responsabile dell'incidente. Chiamò il commissariato e dispose il sequestro della mototrebbia.

«Dottore, ci rovina, il frumento, lo dobbiamo trebbiare ora!» I due contadini erano costernati: «Se viene l'acqua ci marcisce tutto! 'Nzà mà poi scappa il fuoco, brucia tutte cose...». Uno si scusava e l'altro faceva il controcanto: «È il raccolto per tutto l'anno» piagnucolavano. D'Alessandro non volle sentire ragioni: «Le trebbie con larghezza superiore ai tre metri e venti devono avere una scorta tecnica; il conducente del veicolo di scorta deve segnalare il pericolo con drappo rosso... eccetera eccetera, lo dovreste sapere».

I due viddani furono lasciati a terra e soli in mezzo alla campagna.

Metà della mattinata se ne andò tra carro attrezzi, rilievi e rapporti di servizio. Arrivò in commissariato tardi, aveva il collo indolenzito e una nuova idea che gli frullava nella testa. Chiamò Cangemi e diede gli ordini: avrebbero battuto la strada provinciale alla ricerca di altri trasporti eccezionali non adeguatamente segnalati.

Combattere la mafia era per D'Alessandro cosa semplice. «Non servono atti di eroismo» ripeteva ai suoi collaboratori. «Basta contrastare i reati più banali, punire duramente le più piccole violazioni, quelle che di solito vengono trascurate per indulgenza, pigrizia, lassismo. Perché è da lì, da quel diffuso bisogno di soddisfare gli interessi personali, che ha inizio la corruzione. Senza una visione ampia della società, in assenza di un progetto comune, ogni singolo individuo che non rispetta il divieto di sosta può a lungo andare trasformarsi in mafioso. Da individualista disubbidiente a malvivente, il passo è breve.»

Perciò, appena arrivato a Tummina, Sasà aveva fatto contravvenzioni a tinchitè. Pure la moglie del sindaco, che sciorinava al sole le mutande di tutta la famiglia, era stata multata: «Il regolamento comunale ne fa espresso divieto», e aveva chiuso la discussione.

XII

Rimasto solo nella stanza, Sasà si accese una sigaretta e cercò di allentare la tensione dei muscoli. Il collo gli doleva e stava per scoppiargli il mal di testa. Accostò le imposte, si stese sul divano e si slacciò la cravatta. Voleva dormire per recuperare lucidità. Si girò su un fianco e chiuse gli occhi. Inaspettato, il corpo formoso di Cosuccia occupò lo spazio buio in cui era immerso: un'apparizione mistica.

Serrò allora le palpebre per metterla a fuoco e la immaginò mentre camminava per il corso del paese annacandosi su tacchi altissimi. Strinse il campo per riempirlo di dettagli: la vita sottile stretta da una cintura, i fianchi larghi che oscillavano da destra a sinistra e promettevano accoglienze voluttuose, la bocca carnosa atteggiata a un sorriso tentatore, le minne grandi, tenute ferme al loro posto da un corsetto che sembrava dovesse esplodere, liberando da un minuto all'altro una montagna di carne morbida, bianca, buona perché genuina. Le lacrime cominciarono a calare, brillarono sulla pelle abbronzata e addolcirono il suo volto virile.

Si immerse del tutto nella sua fantasia. Cosuccia attraversava la strada, scavalcava con grazia le buche, staccava di poco le braccia per darsi più equilibrio, quindi, conquistata saldezza, si girava indietro e sorrideva. "Buongiorno, dottore" disse quel seducente fantasma, e le vocali erano così larghe che sembravano uscire dritte dalla gola. Le labbra si incresparono appena sopra i denti irregolari, inclinò la testa in avanti e la scosse indietro per scansare la massa di ricci neri e morbidi che le danzavano attorno al viso. Era bella e diabolica. Incarnava la tentazione e rappresentava la dannazione. Persino le mani – le dita lunghe e affusolate, le unghie corte e ben curate –, che suggerivano tecnica ed esperienza, eccitavano dannatamente il commissario che continuava a lacrimare come una fontana e cominciò a mugolare di piacere.

La ragazza proseguì lungo il marciapiede affollato di bancarelle e, voltandogli le spalle, gli mostrò i glutei tondi, alti, due cantalupi acerbi e duri. Il rigagnolo delle lacrime era diventato un fiume in piena e Sasà tirò su con il naso rumorosamente. Si sarebbe volentieri abbandonato all'amore solitario, una fantasia così è meglio di una scopata vera, il massimo del piacere con il minimo della fatica. E mentre la sua mano scivolava lungo la pancia, entrò Cangemi.

In un attimo Sasà recuperò il controllo, solo le lacrime non aveva fatto in tempo ad asciugare.

«Che è commissario? C'è cosa? Si sente male?»

Lui si girò verso la finestra e rispose sibillino: «Niente, Cangemi, è che penso alle cose della vita.» Fece quindi un gesto della mano che rimandava a un lontano passato: «Cose vecchie».

L'ispettore era desolato, di sicuro il Sostituto aveva avuto un'infanzia davvero difficile, mischino!

«Comunque, dottore, la macchina è pronta.» Sasà lo guardò senza capire. «Il posto di blocco, i controlli... sequestro, deposito...»

Sasà si alzò di scatto e uscì, seguito da Cangemi e da quei due locchi con il giubbotto d'ordinanza, un piccolo corteo. Si avviò per le scale, sembrava un primario in visita.

XIII

Cangemi fermò la macchina al limitare di corso Umberto, dove una piazzola segna la fine del paese e l'inizio della provinciale, alle spalle del cimitero. I cipressi proiettavano le loro ombre ben oltre il muro di cinta. L'aria profumava di resina. D'Alessandro scese e si appoggiò allo sportello. Da lì godeva una magnifica visuale: davanti a lui la strada principale fino alla piazza, alla sinistra la campagna gialla di grano. Accese una sigaretta, la mente sgombra da ossessioni sessuali, e si sentì finalmente in pace con se stesso.

«Cangemi, sai che ti dico? La giornata è bella, lo senti questo venticello che viene da lontano a scompigliare l'erba e le idee?»

«Sì, signor commissario, lo sento!»

«E lo sai, Cangemi, che vuole dire?» la domanda per la verità era retorica, ma l'ispettore rispose lo stesso: «Nossignore».

«... vuole dire che non dobbiamo stare 'nchiusi, lavoriamo all'aria aperta, che la nostra salute ne guadagna.»

Proprio in quel momento si sentì un rombo assordante.

Una moto di grossa cilindrata aveva attraversato la piazza scodinzolando con la ruota posteriore, aveva saltato a manetta due marciapiedi ed era uscita da Tummina inseguita dal solito coro di maledizioni. I pochi metri prima del cimitero li aveva percorsi su una ruota sola: le pinne faceva, quello scimunito, e senza casco. La marmitta poi perforava i timpani.

«Minchiaaa!» urlò sorpreso il centauro.

Sasà era comparso all'improvviso dietro la curva, mentre lui a tutta velocità percorreva la strada con la moto così inclinata che il cavalletto faceva scintille sull'asfalto. La brusca frenata quasi lo disarcionò. «Minchia!» esclamò ancora una volta, mentre il Sostituto, senza muovere un muscolo, ordinò: «Documenti», e la sua voce pareva venire direttamente dalle viscere della terra.

«Qua ci sono il libretto e la carta d'identità», il ragazzo stava in piedi con le gambe larghe, una mano dentro la tasca, l'altra dritta davanti a sé stringeva un foglio di carta; dietro agli occhiali scuri si indovinava lo sguardo di sfida, le labbra carnose erano appena socchiuse, la bocca una fessura, giusto lo spazio sufficiente a far passare l'aria per respirare.

«Talè, Salvatore Incognito si chiama, il picciotto. Levati gli occhiali che ti voglio guardare negli occhi.»

Cangemi lo prese da parte: «Dottore, lassassi perdere, lo sa come sono i ragazzi, ci piace correre, fare scrusciu».

«Secunnu tia sto perdendo tempo?»

"Tempo ed energia" pensò l'ispettore.

«Ti pare a tia, Cangemi. Io sto combattendo la mafia. Lo so che tutti vi aspettate cose dell'altro mondo, sparatine, inseguimenti, ammazzatine. E invece no: io la penso diversamente.»

Ma cosa sperava di ottenere da quel picciutteddu di sedici anni, anche se era figlio del famoso Pinuzzo Incognito? Questo pensava l'ispettore, tuttavia non volle insistere: «Come dice lei», e si mise da parte.

Il ragazzo era nervoso. Troppo giovane per essere punciutu, i suoi occhi tradivano timore nei confronti dell'autorità. Per ora è così, pensava Sasà, ma tra non molto lo inizieranno. E quando gli faranno uccidere il suo cavallo, o il cane amatissimo, o magari lo scecco che cavalcava da bambino, allora non avrà più paura di niente e di nessuno, e sarà uguale a suo padre, o anche peggio.

Sasà ne aveva visti tanti di simili cambiamenti, perciò cercava di intervenire prima del battesimo, era convinto che in quella fase c'era ancora margine di recupero. Prevenire in fondo è meglio che curare.

«Me la fa vedere l'assicurazione, signor Salvatore Incognito? O preferisce che la chiamo Totò?»

"Di nuovo la camurria dell'assicurazione" pensò Cangemi, "ne ha gana di perdere tempo!"

Sasà sapeva che quella strategia prima o poi avrebbe dato i risultati sperati. In tanti mesi di appostamenti, grazie alle sue iniziative bislacche, come le definivano i colleghi, i paesani avevano cominciato a comportarsi meglio. Le regole, almeno all'apparenza, le rispettavano: miracolo o semplice casualità?

«Che fa, vuole babbiare, commissario? L'assicurazione non ce l'ho» rispose il ragazzo seccato. Benché timoroso, come tutti gli adolescenti aveva assunto un atteggiamento arrogante.

«È lei, signor Totò Incognito, che ha gana di babbiare!

Che fa, la lasciò a casa? No, perché se proprio non la possiede io le sequestro il motore e lei le pinne le può fare sulle gambe, e il rombo della marmitta con un pirito!»

«Commissario, è un ragazzino» tornò a insistere Cangemi. «Chiudiamo un occhio per questa volta», in fondo quel picciutteddu poteva essere suo figlio.

«Che fai, ti cachi sotto di Totò Incognito? O forse è a suo padre che pensi?» lo rintuzzò Sasà. L'ispettore questa volta avvampò, ma non era tipo da scatenare duelli.

D'Alessandro non aveva nessuna intenzione di soprassedere, era venuto a Tummina per dare due mazzate e farsi quattro scopate, e fino a quel momento non era riuscito a fare nessuna delle due cose. E ora che gli si presentava l'occasione di dare fastidio a uno della famiglia Incognito...

«Sai che c'è di nuovo, signor Totò? Il motore è sequestrato, cominci a camminare all'appiedi!»

«Commissario, perché proprio a me?» La voce del ragazzo era diventata piagnucolosa. Preferiva umiliarsi con uno sbirro piuttosto che passare per coglione davanti ai suoi parenti: "Che gli dico a mia madre" pensava, "che quel fissa del commissario mi ha sequestrato la moto perché non ho una minchia di polizza assicurativa?".

«Perché lei, signor Incognito», nel pronunciare quel cognome Sasà sentì le budella farsi a matapollo, "perché lei..." si fermò di nuovo, fu afferrato dall'urgente bisogno di correre al gabinetto «lei non ha l'assicurazione e gli altri sì» concluse veloce.

«Cangemi, metti a verbale, e sbrigati!» Poi si rivolse a Gianni e Pinotto che avevano assistito alla scena con sorrisi di scherno e aggiunse in tono retorico: «Le piccole violazioni sono il punto di partenza per crimini più gravi, creano l'abitudine all'inosservanza delle regole, forgiano personalità inclini a delinquere e, dagli e dagli, si creano le fondamenta del sistema mafioso. E guardate che non l'ho inventato io, ma Hannah Arendt, è questa la *banalità del male*!».

«Dottore» l'ispettore fece ancora un tentativo, «forse lei non lo sa, ma a Tummina nessuno fa assicurazione, tanto si sbattono tra di loro parenti e nessuno dice niente se il cugino gli ammacca la macchina.»

«Ah, così è? Sai che ti dico Cangemi, che la moto del signor Incognito», di nuovo un movimento delle viscere, «noi intanto la sequestriamo e, visto che qua non si usa rispettare la legge, ora chiamo rinforzi da Palermo, metto uomini a ogni cantunera, con l'ordine di fermare tutti: motori, macchine, trattori, biciclette, tricicli, e se manca l'assicurazione devono sequestrare il mezzo e denunciare il proprietario. La legge prescrive questo e nessuno può comportarsi diversamente.»

In capo a pochi giorni metà della gente di Tummina si trovò senza mezzi di trasporto e senza strumenti di lavoro. La protesta esplose furiosa e arrivò a Palermo, sotto alla questura, il 14 luglio, per i francesi la presa della Bastiglia, per i siciliani il giorno del fistino di Santa Rosalia.

XIV

Il 14 luglio era per Marò una giornata campale. La festa di Santa Rosalia ha il suo cuore pulsante nel centro storico, l'ordine pubblico e la sicurezza del quartiere dipendevano proprio dal commissariato che lei dirigeva. A questo si aggiungevano le solite incombenze: multe, passaporti, e le indagini sull'omicidio Maddaloni, di cui nessuno naturalmente parlava più. Sì, ogni tanto si levava qualche voce contro la mafia, l'inerzia delle forze dell'ordine, la complicità delle istituzioni, ma era il solito gioco delle parti. Marò ancora non aveva la più pallida idea, né il minimo indizio.

La vedova Maddaloni le aveva suscitato sensazioni contraddittorie – compassione, diffidenza, inquietudine. Sasà l'aveva spinta a cercare in famiglia, ma la sua testa le diceva un'altra cosa. Sarebbe andata allo studio della vittima, quel mattino stesso. L'avrebbe trovata la pista, senza l'aiuto di nessuno e subito. Ci teneva a fare bella figura col questore.

Aveva dormito un sonno agitato e la mattina si svegliò con il cuore che batteva a mille. Chiamò Fedeli e si accertò che avessero eseguito le disposizioni per la festa. «Corso Vittorio è stato transennato e il traffico bloccato lungo la via

Maqueda, dottoressa.» C'erano da fare gli ultimi controlli per la processione. Coordinò anche le squadre dei vigili del fuoco. Si assicurò che i gruppi antisommossa fossero già al loro posto, proprio nei punti richiesti dal questore, poi indossò un tailleur bianco, un paio di sandali bianchi anche quelli, si guardò allo specchio soddisfatta e uscì.

"Respira" ordinò a se stessa: dentro, fuori, dentro, fuori. Il cuore si era normalizzato quando arrivò a piazza Principe di Camporeale, al confine con la Zisa. Lo studio di Maddaloni era all'interno di una villa finto palladiana che apparteneva alla vittima da generazioni. Dapprima abitazione – quando l'intera zona era ancora un aranceto abitato da giardinieri e artigiani –, ora studio professionale con nutrita schiera di clienti grazie a quel brodo di coltura per malviventi che era diventata la città.

La villa, pretenziosa tra gli altissimi palazzi dalle facciate arlecchino, era l'ultimo baluardo del bello. Marò salì la scalinata di marmo chiaro, uno dei tanti collaboratori la accolse e insieme attraversarono una serie di saloni che si aprivano l'uno dentro l'altro. Un tempo riservati alle feste, oggi ospitavano divani polverosi e la collezione di quadri dell'Ottocento per la quale l'avvocato era conosciuto in tutta la città. Le mura trasudavano lusso e potere. Notò che le finestre non erano protette da grate né da vetri blindati.

«C'è un sistema di allarme?» chiese al suo accompagnatore. «No, signora» rispose lui con un'espressione tra l'ironia e il sarcasmo. "Eh già" pensò Marò, "chi avrebbe avuto il coraggio di rubare al difensore dei capimandamento?" Eppure le sue amicizie non l'avevano salvato da una morte violenta, qualcosa in quel sistema di potere si era inceppato, un granello di sabbia in un ingranaggio perfetto, una variabile che esulava dal consueto ambiente in cui si muovevano Maddaloni e i suoi accoliti, ma cosa?

Fu fatta entrare nella sala riunioni. Gli avvocati erano tutti presenti e l'aspettavano in piedi: le schiene e le facce scrutate al funerale ebbero ora un nome. Alti o bassi, magri o grassi, muscolosi o con la pancia, dritti o curvi, quegli uomini indossavano tutti la stessa grisaglia con pantaloni perfettamente stirati, giacca a tre bottoni sopra alla camicia bianca e cravatta regimental. Sembravano una squadra di cricket durante l'udienza con la regina.

Marò fece le solite domande, ed ebbe le solite risposte.

«Era un professionista apprezzato, dotato di grande acume e straordinarie qualità, profondo conoscitore dell'animo umano, un amico, un maestro, un padre per tutti noi.» Si rese conto che ognuno di loro doveva avere almeno due o tre buoni motivi per far fuori il capo, e tuttavia non ne avrebbe avuto il coraggio, né, a conti fatti, ne avrebbe tratto un reale vantaggio.

Era Maddaloni a tenere in piedi lo studio, la clientela era legata a lui personalmente, quei beccamorti gli dovevano ricchezza e benessere. Marò li esaminò uno per uno, lasciando scorrere lo sguardo sulle loro facce indifferenti. Nessuno dei presenti aveva carisma, di lì a pochi mesi lo studio avrebbe chiuso i battenti. Tirò fuori un taccuino di appunti e fece finta di annotare qualcosa. L'odore dominante era quello discreto del fico e del vetiver. Ma, sotto sotto, si sentiva la puzza dell'invidia, della codardia.

Chiese di dare uno sguardo alle carte della vittima, tutti fecero muro e risposero all'unisono: «Ci dispiace commissaria, c'è il segreto professionale!».

Stizzita, li fissò tutti negli occhi uno per uno, compreso quell'avvocaticchio arrogante dalla cravatta larga e dai muscoli grossi.

«Tornerò con l'autorizzazione del giudice» disse, ma solo per dare loro un po' di fastidio, in realtà quell'odore generico di ipocrisia e pavidità non aveva sollecitato il suo fiuto.

XV

In ufficio, chiusa nella sua stanza, fissava il piccolo quaderno denso di appunti.

Cancellò con una grossa riga scura le parole "mafia" e "commissione Sanità". Scrisse accanto a "posteggiatore": "minchiata solenne", e vicino a "collaboratori" annotò: "tutti potenziali assassini ma non del Maddaloni". Sottolineò in rosso "pista passionale". Il metodo era un po' ingenuo, ma a lei quei promemoria infantili tornavano utili.

Suo malgrado concordò con Sasà, doveva scavare nella famiglia, cosa complicatissima! Maddaloni apparteneva alla casta degli intoccabili, ecco perché aveva cercato fino a quel momento di evitare incursioni eccessive nella vita privata della vittima, conscia che ogni domanda sarebbe stata considerata una violazione, ogni ricerca una indiscrezione. Ma ora non poteva più evitare.

Su di lui non era riuscita a trovare un pettegolezzo, una

diceria, una calunnia. Al contrario tutti, indistintamente, dal presidente della Regione all'ultimo degli uscieri, celebravano la bontà di quell'uomo. Si dice "Voce di popolo, voce di Dio". Affermazione valida in tutto il mondo tranne che a Palermo, dove il popolo mente spudoratamente e nega anche di fronte all'evidenza.

«In famiglia devi cercare!» aveva ribadito Sasà con quel marcato accento siciliano e quelle sillabe allungate che lui pronunciava strascicando la esse e rendendo muta la erre. E famiglia sia! Marò cercò di ricordare la visita alla vedova e di mettere a fuoco dei particolari. Qualcosa le ronzava nella testa, ma faceva fatica a emergere. Parole sibilline, appena sussurrate e poi negate, qualcuna la ricordava, l'aveva anche annotata all'uscita dalla villa: "discendenza... moglie... seme...", ma la frase non veniva a galla per intero. Accese il computer e le mise tutte insieme su Google, si trattava di una citazione dalla Genesi, 38:

7 *Ma Er, primogenito di Giuda, era malvagio agli occhi dell'Eterno, e l'Eterno lo fece morire.*

8 *Allora Giuda disse a Onan: «Va' dalla moglie di tuo fratello, sposala e suscita una discendenza a tuo fratello».*

9 *Ma Onan, sapendo che quella discendenza non sarebbe stata sua, quando si univa alla moglie di suo fratello, disperdeva il suo seme per terra, per non dare discendenza al fratello.*

10 *Ciò che egli faceva dispiacque agli occhi dell'Eterno, che fece morire anche lui.*

Quelle parole risuonarono nella testa della commissaria come un morboso presagio, o forse una maledizione. La vedova sterile era così inquietante, come se covasse i germi di una malattia o di una follia. Marò nonostante il caldo rabbrividì.

La telefonata di Lobianco interruppe le sue riflessioni: «Ti aspetto nel mio ufficio» disse secco.

La lavata di capo che paventava da qualche giorno stava per arrivare.

XVI

Dovette andare a piedi, le strade erano bloccate dalle macchine ferme. Il rumore dei motori, che ruggivano sotto il piede nervoso degli autisti, si sommava a quello dei clacson e si amplificava sotto i portici di via Ruggero Settimo. A piazza Verdi i timpani le dolevano come se una colonia di insetti inferociti le si fosse annidata dentro alle orecchie. Nemmeno per devozione alla santuzza i suoi concittadini avevano rinunciato a macchine e motori, insostituibili protesi. Di autobus neanche l'ombra, era festa anche per l'azienda pubblica dei trasporti.

Bancarelle colme di cibo erano spuntate ovunque. E fin dalla notte precedente i babbaluci agonizzavano in un soffritto di aglio e prezzemolo. Di lì a poco i loro gusci vuoti avrebbero rivestito le strade di un tappeto scricchiolante. Marò rimase incantata dalle luminarie. Gli archi variopinti tesi tra le facciate barocche di palazzi fatiscenti sembravano cascate di rose, i fiori di Santa Rosalia.

A villa Bonanno arrivò con il cuore che le batteva forte, l'idea di trovarsi da sola, faccia a faccia con Lobianco, la rendeva inquieta. Temeva la malinconia e la tristezza che affioravano tutte le volte in cui ripensava al passato.

Davanti alla questura l'ansia si trasformò in sorpresa. L'edificio antico e prestigioso, dalle atmosfere rarefatte e la riservatezza di un confessionale, tempio della legalità, sia pure a fasi alterne, era assediato da una folla di contadini e allevatori inferociti. La distanza che di norma separa i responsabili della sicurezza della città dal caos delle strade del centro e dalle proteste improvvisate era stata violata dai tumminesi, che volevano la pelle del Sostituto D'Alessandro.

"Sasà stavolta ha pisciato fuori dal vaso" pensò Marò, cercando un varco per raggiungere il portone, presidiato da un centinaio di energumeni armati di forcone. Girò attorno all'edificio, scavalcò un gregge di pecore che belavano la loro protesta, passò veloce tra decine di polli che avevano riempito il marciapiede di escrementi, scansò due uova deposte da un'incauta gallina tra le piante carnose di aloe che ornavano le aiuole tutto intorno, si addentrò nei vicoli del mandamento Tribunali e raggiunse un ingresso secondario. Salì alcuni gradini sbreccati e traballanti, quindi, raggiunto il primo piano, sostò per qualche secondo nel vano della finestra. La luce brillava bianca e intensa, si allargava sul vetro smerigliato in lucciole danzanti che affollavano il soffitto. Quando ebbe il controllo delle proprie emozioni, bussò e senza aspettare risposta entrò nella stanza del questore.

Ci trovò anche Sasà. Era seduto in maniera scomposta, con la schiena di traverso. Girava tra le mani una delle sue sigarette con aria insolitamente remissiva. Il questore aveva i pugni serrati e la mascella contratta. Marò notò in lui una sorta di debolezza, un cambiamento che non sapeva definire. Forse le guance un po' cascanti, le palpebre leggermente abbassate, il fitto reticolo di rughe attorno agli occhi... ma quanto tempo era passato, una settimana o venti anni?

I due uomini si fronteggiavano in un silenzio imbarazzato. L'aria era così densa di tensione che Marò, facendosi avanti, anziché camminare ebbe la sensazione di nuotare. Quattro occhi passarono fugaci dalla scollatura alle sue gambe. Sasà la salutò per primo e, come svegliandosi da un sonno, sbatté le palpebre più volte.

La commissaria constatò che quei due le piacevano ancora tanto e in egual misura. Si arrabbiò di nuovo con se stessa per quell'indecisione che a trentott'anni la condannava a essere ancora single o zitella, come diceva sprezzante sua sorella, o schetta, a sentire sua madre che non mancava mai di accompagnare quella parola con un sospiro. Si infuriò con il destino che con lei aveva voluto abbondare: a chi troppo e a chi niente. Si sedette ma rimase con la schiena dritta, appena discosta dalla sedia, tradendo disagio.

«Comincio da te, Sasà: hai combinato un bordello! Fuori c'è l'inferno ed è colpa tua.»

«Signor questore, io applico la legge» si difese lui con convinzione.

«Tu sei un rompicoglioni nato.»

«La legge parla chiaro, le mototrebbie con larghezza superiore ai...»

«Sasà, mi pigli per il culo? Non ti bastavano motociclette e macchine senza assicurazione? No, hai dovuto sequestrare pure le motozappe e le mototrebbie. Ora che i tumminesi devono camminare a piedi, e di lavorare non se ne parla perché sono senza strumenti, ora la finirai con tutte ste trovate originali?» Il telefono non aveva smesso di suonare un attimo. «Lo vedete? È così da stamattina... il sindaco, il prefetto, il presidente della Regione, onorevoli e onorevolicchi, tutti hanno qualcosa da dire, e che cazzo, proprio oggi che è la festa di Santa Rosalia!»

«Il grano si miete d'estate, non è che potevo sequestrare le trebbie a dicembre!» commentò Sasà.

Lobianco lo fulminò con lo sguardo.

Marò aveva seguito la conversazione a metà tra divertita e preoccupata: perché aveva chiamato anche lei? Cosa c'entrava con il casino dei tumminesi?

«Riguardo a te, Marò...» Sembrava che il questore le avesse letto nel pensiero. «Che cazzo hai fatto finora?»

«Ho indagato, questore.»

«Ah sì? E dove le avresti svolte, queste indagini? E che cosa avresti trovato?» Il telefono del questore continuava a squillare impietoso. Per la prima volta vedeva Lobianco sul punto di scoppiare. Il nervosismo lo aveva mandato su di giri e continuava a urlare contro Marò, mortificata per quell'inspiegabile lisciabbusso.

«Signor questore, se mi fa parlare...»

«No, ora parlo io e ascoltami bene. Sei andata a casa della vedova Maddaloni a prenderti il caffè, manco fosse una tua vecchia amica, non contenta sei andata a rompere i coglioni allo studio dell'avvocato. Non è che pensi che Maddaloni s'è suicidato prendendosi a bastonate?»

«Se ha cinque minuti di tempo...» tentò Marò.

«No, tempo io non ne ho più» disse Lobianco, «e neanche voi.» Il telefono squillò di nuovo, prima di rispondere li congedò: «Questa sera venite a cena da me. Ci vediamo la processione, e così parliamo di questo e di altre cose», il tono della voce era improvvisamente calato.

Marò e Sasà si diressero insieme verso l'uscita posteriore, un battaglione di celerini aveva circondato villa Bonanno e affrontava i manifestanti. Palermo non è Parigi, e la presa della Bastiglia... be', non è cosa nostra. Ma la storia ha già dimostrato che la festa di Santa Rosalia può trasformarsi in una sommossa.

Babbaluci con sugo

Ingredienti

Babbaluci (lumache)
Mollica di pane
Pomodorini
Aglio
Olio extravergine d'oliva
Prezzemolo

Preparazione delle lumache

Tenere le lumache per ventiquattro ore in un recipiente con mollica di pane.

Lavarle più volte e lasciarle in una pentola piena d'acqua fredda, chiusa con un coperchio ed esposta al sole, fino a quando saranno uscite dai gusci. Completare la cottura a fuoco dolce per un paio di ore.

Procedimento

Soffriggere olio, aglio e pomodorini. Aggiungere le lumache, far cuocere per dieci minuti.

Condire con prezzemolo.

La parola babbaluci deriva dall'arabo *babus*, con analogo significato di lumaca.

XVII

I quattro canti di città sono un palcoscenico a cielo aperto. Lì si rappresentano le commedie e le tragedie palermitane. Lì si sarebbe svolta la parte principale del rito della festa, e su quel teatro, detto del Sole, affacciava la casa di Lobianco. Sasà e Marò attraversarono con indolenza la folla che da ore si annacava tra Porta Nuova e Porta Felice, accompagnati da Gianni e Pinotto che tenevano tra le mani un coppo di calia. A via Chiavettieri i due amici seminarono la scorta. «Che ti dicevo? Due turduni!» Sasà gongolava e si godeva l'improvvisa libertà. «Tanto ti proteggo io» disse Marò e lo prese sottobraccio.

Alla cattedrale la gente aveva cominciato ad affluire già dalla tarda mattinata e sciamava tra i vicoli di Sant'Agostino da una parte e dell'Albergheria dall'altra, masticando simenza. Le pentole colme di babbaluci emanavano effluvi di aglio fritto. Il vapore delle cucine ambulanti si mischiava allo smog formando dei rivoli scuri che colavano dai davanzali delle finestre e dalle balaustre di marmo. Sembrava che i palazzi piangessero.

Nel 1624 invece dello smog c'era la peste, nuvola densa e pesante, a tormentare la città. Gocciolava come pioggia tra le facciate delle case, e ammorbava gli abitanti. Rosalia allora venne in aiuto dei palermitani, liberandoli dall'epidemia. Subito dopo la città abbandonò il culto di Oliva, Ninfa, Cristina e Agata, ritenendo che non si fossero comportate da brave patrone, e per gratitudine si consacrò a santa Rosalia.

Sasà e Marò arrivarono puntuali. Un'ultima controllata ai vestiti, intrisi di quel profumo pungente come aculei di porcospino che per settimane si sarebbero portati dietro, quindi bussarono alla porta. Lobianco li condusse direttamente in terrazza. Un enorme pentolone colmo di lumache trionfava sulla tavola di pietra lavica, insieme a fette di pane di tutti i tipi: rimacinato duro e ricoperto di semi di sesamo e di papavero, francese soffice e bianco come una brioche, cotto a legna con la crosta dorata e profumata. Non mancava, insieme al vino, la Coca-Cola.

Il questore riempì i bicchieri: «Agli amici» dissero tutti e tre contemporaneamente, brindò anche Sasà nonostante fosse astemio.

«Cu mancia babbaluci e vivi acqua, sunati li campani picchì è mortu» disse Sasà a Marò che lo guardava con gli occhi sgranati. Il terrazzo dava sulla cupola di San Giuseppe dei Teatini, un gioiello decorato di maioliche colorate dal verde all'azzurro. Affacciati alla ringhiera vedevano corso Vittorio per intero, a monte verso la cattedrale e a valle verso il Cassaro. Si indovinavano in lontananza le due porte d'ingresso alla città: Porta Nuova e Porta Felice.

«Aspettiamo che passi la processione?» chiese il questore affondando in una grossa poltrona di bambù. L'aria rimbombava di giaculatorie e canti. I tre amici vuotarono i bicchieri in silenzio, come fossero in preghiera. Marò, i capelli acconciati in un tuppo morbido alla sommità della testa, aveva un aspetto sofisticato. Con le dita tormentava alcune ciocche sfuggite ai lati della testa e le sue unghie rosse occhieggiavano come coccinelle portafortuna tra il collo e gli orecchini vistosi. Sasà aveva appena cominciato a lacrimare, quando si sentì nella strada un tramestio seguito da un grido: «E chi semu, muti?». Dalla folla si levò un boato: «Viva, viva santa Rosalia!». E di nuovo: «E chi semu, muti?». E dai marciapiedi, di rimando: «Ogni passu e ogni via, viva santa Rosalia!». L'invocazione è la stessa da secoli.

La vara arrivò ai quattro canti seguita da una lunga fila di Ape Piaggio, le cui fiancate erano state adornate con i disegni tipici dei carretti siciliani. Sul cassone di questi moderni calessini gruppi di cantori in piedi si sgolavano:

Rusulia sennù a li munti,
lu dimoniu la tintau.
Ci vogghʼiri e ci vogghiu annari,
a Rusulia agghʼirʼa tintari

Rusulia supra li munti
si cuntava li beddi cunti.
Lu dimoniu ci dicia
vaʼ, maritati Rusulia.

Sugnu bona e maritata,
cu Signuri sugnu spusata.
E la robba nu nʼè mia,
è di Gesù e di Maria.

Davanti alle statue delle ex patrone della città la vara si fermò. Era questa l'acme della processione. I tre amici intonarono le loro mute preghiere. "Un figlio" pensava Marò, "Una brava moglie" chiedeva Sasà, nel cuore di Lobianco echeggiava un urlo strozzato e indecifrabile.

Il sindaco salì su una scala e depose un mazzo di rose ai piedi della santa. Poi scese impettito e pieno di sussiego. Preoccupato di scivolare, aveva dimenticato di urlare "Viva Palermo e Viva santa Rosalia!". I presenti cominciarono a inquietarsi, poi si levò dalla folla un coro di insulti: «Scemo, scemo, scemoooo!». Qualcuno agitò minaccioso le mani, il primo cittadino si affrettò a sparire tra le sue guardie del corpo.

«Minchia, si misi puru contro a santa Rosalia» disse Sasà.

«Alla fine del mandato non ci arriva» aggiunse Lobianco riempiendosi il piatto di lumache.

La processione continuò dritta fino al Cassaro senza altri incidenti, il canto dei fedeli andava affievolendosi, sembrava una serenata d'amore, l'amore dei palermitani per la loro santuzza:

Notte e Jurno faria sta via
Viva santa Rosalia!
Ca nni scansa di morti ria
Viva santa Rosalia!
Ca nnassisti all'agunia
Viva santa Rosalia!
Virginedda gluriusa e pia
Viva santa Rosalia!

I tre amici si sedettero attorno alla tavola, avevano davanti tutta la notte, una pignata di babbaluci e un'anguria intera.

XVIII

Il buio avanzava tra i tetti di Palermo, si insinuava tra le cupole arabe, scivolava nei cortili profumati. Un po' ubriaca e non ancora sazia, Marò continuava a succhiare con voluttà una lumaca, poi ingoiava con aria sognante.

«Ziti a vasari e babbaluci a sucari nun ponnu mai bastari» disse ridacchiando. Gli altri due assentirono.

Chiacchierarono del più e del meno, cercando di evitare i ricordi che alla fine uscirono prepotenti dai recessi della memoria. L'Aspromonte, il freddo, la neve, persino le emorroidi vennero evocate con allegria.

«Come si chiamava quell'albergo...»

«Il tetto del mondo!» rispose pronto Sasà.

«Bravo, proprio quello! Minchia, che freddo!»

«Certo, senza riscaldamento...» intervenne Marò con aria da saputella.

«E lei, questore, che scriveva lettere di protesta a Roma: "All'attenzione del Capo della Polizia...", sai quanto gliene fotteva a quello!»

«E che dovevo fare, dare fuoco alla moglie del proprietario?»

«No, alla moglie no, ma ai mobili...»

«E a quello ci hai pensato tu. Dammi un po' di vino, Sasà, fai il piacere.»

«Che inverno, il termometro sempre sotto lo zero!»

«Fino a quando abbiamo dormito in tenda, ogni settimana qualcuno si ammalava di polmonite.»

«Poi è arrivata la convenzione con l'albergo, ci illudevamo noi...»

«Il tetto del mondo... la ghiacciaia, più che altro!»

«Un casermone in cemento, una specie di colonia che d'estate si riempiva di bambini.»

Ognuno di loro aggiungeva un pezzo alla tela del racconto, i particolari emergevano nitidi, le emozioni si susseguivano ininterrotte, le parole talvolta si accavallavano.

Sasà si ricordò della meravigliosa sensazione provata sdraiandosi in un letto vero dopo mesi di sacco a pelo. Le gambe che scivolavano tra la stoffa ruvida, la libertà di girarsi da un lato e dall'altro, il peso delle coperte sul corpo rilassato, il cuscino morbido sotto la testa. Fuori la neve ricopriva di un bianco assoluto ogni cosa.

Il gelo era durato senza sosta da novembre a maggio, i poliziotti avevano il cuore e le mani gelati come i termosifoni. Lucrava, quel mascalzone del proprietario, risparmiando sulle spese. Lobianco aveva inoltrato formale protesta al capo della polizia. Ogni giorno spediva una lettera e attendeva fiducioso la risposta. Non avrebbe fatto nulla senza autorizzazione, il rispetto delle regole e della gerarchia era il fondamento della sua personalità.

Sasà invece, già da giovanissimo, non era tipo da perdere tempo, e delle autorizzazioni del capo se ne fregava. A lui interessava solo risolvere il problema, perciò una notte aveva preso una decisione e, all'insaputa degli altri, aveva bruciato nel camino i mobili dell'albergo.

«Vogliamo parlare della 'nduja e delle sue tragiche conseguenze?» chiese Marò, che aveva avuto ragione di una grossa lumaca e, trionfante, la brandiva infilzata nello stecchino. «Ah no!» risposero i due uomini in coro. «Niente cose personali.»

E all'improvviso le emozioni presero il sopravvento, tacquero guardandosi negli occhi. Quelli erano stati i giorni della speranza e delle illusioni, ora che giorni stavano vivendo? E quella notte di festa, in cui desideri e sogni si mischiano a delusioni e paure, e il cuore di ogni palermitano urla alla santuzza il suo bisogno d'aiuto, quella che notte era?

XIX

Rimasero in silenzio per qualche minuto. Erano vuoti di parole e pieni di un sentimento a metà tra nostalgia e rimpianto.

«Il tempo complica le relazioni, e i desideri insoddisfatti ci rendono ingordi e di cattivo umore» sussurrò Sasà. Gli amici si stupirono di quella inusuale sensibilità.

Dal Cassaro arrivava una lieve brezza che giocava con i loro capelli e muoveva i fiori di gelsomino aggrappati alla ringhiera del terrazzo.

Marò fissò lo sguardo sul mucchio di gusci vuoti sparsi sulla tovaglia. Si accarezzò la pancia, vuota anch'essa come quelle casette prive del loro occupante. "È colpa mia" pensò, poi i suoi occhi andarono più volte dal questore a Sasà. L'uno basso, con un accenno di pancetta, un aspetto solido, due mani grandi fatte per sostenere, due braccia robuste fatte per accogliere. Che marito e padre perfetto sarebbe stato. Ma poi s'immaginò nuda accanto a lui, e sentì il suo corpo rinchiudersi in difesa, i muscoli tendersi in un rigido rifiuto. Incrociò le braccia davanti al seno, sentì freddo.

Sasà batteva i piedi con ritmo crescente sul pavimento di pietra. Le sue caviglie snelle comparivano a tratti dai pantaloni a sigaretta. Le braccia, sebbene magre, sembravano forti ed erano lunghe e sensuali. Marò ebbe voglia di sedersi sulle sue ginocchia e di baciarlo. Sì, quell'uomo l'attraeva molto, fare l'amore con lui le sarebbe piaciuto. Sentì tra le gambe un anticipo del piacere che il suo amico le avrebbe potuto procurare e il suo corpo si rilassò subito. Sciolse le mani e scivolò sulla poltrona.

«Devo parlarvi di una cosa seria» disse il questore con tono grave e un'espressione preoccupata sul viso.

«Sasà, ho notizie di Pinuzzo Incognito.»

«Dopo vent'anni l'avete trovato?» chiese Marò, incredula.

«Be', abbiamo sempre saputo che si trovava al suo paese, nessun capo si allontana dai suoi interessi per tanto tempo, né lascia la famiglia da sola. Ma deve essere successo qualcosa di nuovo, di inaspettato, forse una malattia.»

«Questore, mi vuole dire che finalmente la muta parlò?»

«Chi è la muta?» domandò Marò, «se non sono indiscreta.»

«La moglie. Sono dieci anni che abbiamo seminato la casa di Incognito di microspie, ma abbiamo solo registrazioni di silenzi e programmi televisivi, rumori di scarpe e frullatore, magari pure la lavatrice, che quando centrifuga fa un casino! La signora invece pareva muta.»

«Ma ora ha parlato» disse Lobianco con aria trionfale. «Be', non esattamente, però due giorni fa l'hanno sentita piangere. Non le era mai scappato nemmeno un sospiro. Il "maresciallo dei telefoni" dice che la notte *chidda chianci*, perciò qualcosa ci deve essere. Io sono convinto che il boss è malato, mi ci farei tagliare la testa.»

«Non può essere un rubinetto che perde?»

Sasà era sempre scettico.

«Non dire minchiate! Scognamiglio non è siciliano ma in quanto a intercettazioni è il migliore che abbiamo. A forza di stare seduto s'è ingrassato di qualche sessanta chili, e a furia di ascoltare pare un cane da guardia, sente pure gli ultrasuoni. Sasà, io credo che abbia ragione. E ci sono state anche parecchie visite, i parenti di Incognito che arrivano alla sera, bussano, è tutto registrato se lo vuoi sentire pure tu. La porta si apre, poi si sente il rumore delle sedie, la televisione a tutto volume. Quando se ne vanno, rimane nell'aria un pianto sommesso. Tutto sto viavai... insomma, mi pare curioso. Perciò tieniti pronto: lo devi prendere, è un ordine.»

«Signor questore, ma qual è il problema?»

«Il problema è che devi essere tu a trovarlo, ne va del mio prestigio. Ho chiesto io che ti fosse affidata l'indagine, conosco il tuo attaccamento al lavoro, i tuoi metodi poco ortodossi e la tendenza a perdere tempo in minchiate. Ma so anche che sei incorruttibile. E siccome già una volta Incognito ci è scappato, vedi che puoi fare. La talpa che l'avvisò del nostro arrivo, noi non l'abbiamo ancora trovata.»

Il questore cominciò a tossire e diventò paonazzo, non riusciva a respirare. Il suo viso sotto il riflesso delle luminarie esprimeva una sofferenza profonda.

«Si beva un poco d'acqua.» Marò gli porse la bottiglia, ma quel gesto premuroso ebbe un effetto irritante su Lobianco, che le fermò il braccio con fare deciso. Aspettarono che l'accesso di tosse passasse, e quando anche il respiro si fu placato, il questore, con la testa incassata nelle spalle, ricominciò a parlare. Aveva un tono sommesso, come di confessione: «È un periodo difficile. Ti ricordi quando ti sparai?».

Sasà calò la testa. Era successo pochi mesi prima di congedarsi, in Aspromonte: durante una ricognizione erano stati coinvolti in un conflitto a fuoco. Lobianco, forse stanco di quella vita, negli ultimi tempi aveva il grilletto facile, gli era partito un colpo e lo aveva colpito a una gamba, mentre il latitante cui davano la caccia da mesi era riuscito a scappare. C'era stata un'inchiesta, tutti e due avevano minimizzato l'incidente. Sasà aveva fatto di tutto perché Lobianco fosse assolto in istruttoria, arrivando pure a testimoniare il falso.

«C'era nebbia, non si vedeva nulla, avevamo perso l'orientamento...» Questo aveva sostenuto davanti alla commissione d'inchiesta.

«Ecco Sasà, io ho un debito con te. Perciò ti ho mandato a Tummina, perché tu prenda Incognito e possa far carriera, diventando finalmente commissario.»

«Signor questore, di che nicche e nacche sta parlando?» si schermì Sasà.

L'altro si versò del vino, si girò e lo fissò dritto negli occhi. Il suo sguardo si era come addolcito di malinconia, ma fu un attimo, poi riprese la sua consueta severità. Rivolgendosi a Marò, cominciò a parlare in tono affettuoso: «Commissario, anzi, devo dire *commissaria*», sorrise e scoprì dei denti insolitamente regolari e forti, «hai per le mani un'indagine delicata. So che per te è la prima volta, ma so anche che non ti mancano il buonsenso e l'intelligenza. Ti fa difetto però l'esperienza per muoverti in un ambiente infido come quello cui apparteneva Maddaloni. Lì ogni famiglia è una palude, ogni professionista un cobra mascherato da buon padre di famiglia, ti prego di muoverti con molta prudenza e con molta riservatezza. Temo per te e per la tua incolumità.»

«Questore, sono andata una sola volta dalla vedova: c'è qualcosa che non mi quadra in quella casa... per quanto riguarda invece lo studio, lì non c'è niente da prendere, può stare tranquillo che non ci torno.»

Lobianco alzò le mani: erano scarne e bianche; illuminate dalla luna sembravano esangui, come appartenessero a un fantasma. Marò ebbe un presentimento e rabbrividì. Stentava a riconoscere in quel corpo stanco, dai muscoli infrolliti, l'uomo forte e virile che l'aveva affascinata.

Lui si alzò in piedi e con la faccia verso il muro, per sfuggire ai loro sguardi indagatori, cominciò a parlare con tono commosso, la sua voce quasi tremava, le spalle sussultavano: «Ecco, questa è la parte più difficile del discorso. Tu sai, Sasà, che per colpa del tuo carattere ti sei trovato spesso in difficoltà, e non sei stato oggetto di procedimento disciplinare grazie alla mia copertura. Ma non è un favore che ti ho fatto. Sei onesto e sprezzante del pericolo, hai modi poco ortodossi ma al dunque sei un moralista, perciò ti stimo, ti sono amico e non ho fatto fatica a tenere a bada chi voleva la tua testa. Tu, Marò, fino a ora non hai mai avuto bisogno, però ti sei anche mossa tra rinnovi di passaporti e piccoli borseggi, insomma, per dirla a modo nostro, minchiate! Ti coprirò io in questa indagine, sai che ti ho sempre voluto bene e te ne voglio ancora. Hai intuito e fiuto. Certo, ti manca il metodo, ma sei istintiva e costante, perciò prima o poi al dunque ci arrivi».

Si girò a guardarli negli occhi e aggiunse: «Insomma,

siete i miei migliori amici, il mio appoggio non vi mancherà, anche se non so ancora per quanto...».

«Ti trasferiscono, questore?» chiese Sasà passando improvvisamente al tu.

«In un certo senso... ve la faccio breve: sono ammalato... gravemente, non so per quanto tempo ancora potrò proteggervi, quindi aiutatevi che Dio v'aiuta!»

In quel momento scoppiarono i fuochi d'artificio e, mentre il cielo veniva illuminato a giorno dall'enorme scritta "Viva santa Rosalia", i tre amici riformularono la loro preghiera: "La salute, santuzza mia, per tutti noi, l'unico bene che non possiamo comprare".

XX

Poco prima che facesse giorno si erano congedati dal questore in un silenzio colmo di tristezza. Sulla porta di casa Sasà lo aveva abbracciato forte, come se avesse voluto passargli un po' della sua energia. Marò lo aveva baciato sulle guance, sfiorando con tenerezza i due solchi che da poco gli erano comparsi ai lati della bocca. Sulla fronte Lobianco portava i segni di nuove incertezze. Non aveva più tempo, una terribile diagnosi aveva cancellato sogni e progetti, ora la vita si dispiegava interamente alle sue spalle; davanti a lui, con le sue seduzioni, il vuoto. Sulla faccia pallida e scarna rimaneva, unica superstite di un rovinoso naufragio, una innegabile volontà di vivere, scia scura e frastagliata che interrompeva il reticolo di rughe. Sarebbe bastata ad allungargli la vita?

Passò ancora tra di loro una stretta di mano secca e muta, qualunque parola avrebbe potuto turbare l'apparente rassegnazione, poi la porta di casa si chiuse a separare i vivi dai morti. In strada Sasà alzò lo sguardo verso l'alto. Il questore era appoggiato alla balaustra e rimuginava sul suo destino. Uno sfigato, ecco come si considerava. Lo angosciava l'idea di suscitare pena negli amici. E si sforzava di mantenere un atteggiamento distaccato, quasi altero, l'unico modo per preservare la dignità. Un combattente, così voleva essere ricordato da loro.

Appena fu solo, in quella notte d'estate carica di presagi, si sentì libero di dare sfogo al suo dolore. E pianse le prime lacrime della sua vita. Il futuro era un salto nella sofferenza, la morte l'unica speranza di sollievo. Poi abbassò lo sguardo e i suoi occhi incontrarono quelli di Sasà. Tra di loro passò una corrente di profondo affetto.

"Ci rivedremo" si dissero in quel muto dialogo, "ci ritroveremo, sarà nel nulla o in paradiso, chissà, ma sarà come se non ci fossimo mai lasciati."

Sasà azzardò un saluto con la mano, una sorta di arrivederci. Marò lo fulminò: «Che fai, scemo? Non è ancora tempo di addii», evidentemente non si era accorta di nulla.

Marò e Sasà s'incamminarono per il corso Vittorio Emanuele. Non avevano sonno e la paura di rimanere soli era un sasso in fondo alla gola. Chiacchieravano di cose inutili per allontanare i pensieri tristi, per diluire l'angoscia, per ingannare i loro cuori infranti. I piedi si muovevano su un tappeto di gusci di lumache vuoti che producevano un crepitio sinistro. Quelle chioccioline sventrate erano il simbolo delle loro vite, vuote come le loro case, secche come il ventre di Marò, fragili come l'equilibrio di Sasà, scure come i giorni a venire di Lobianco.

Al Foro Italico li accolse il mare, grigio, plumbeo. Di lì a poco il sole sarebbe comparso da dietro alle montagne, e il colore incerto dell'acqua avrebbe virato all'azzurro intenso. Si sedettero su una panchina con le spalle alla città.

La cappa di umidità cominciava a sollevarsi dalla superficie del mare e galleggiava a mezz'aria. La luce tenue le conferiva un aspetto lattescente. Aveva la stessa consistenza fluida della paura e un che di ineluttabile, come quella spina che Sasà sentiva conficcata al centro della fronte. Era un'onda marcia che fiaccava la sua volontà. L'orizzonte era sbarrato da un grandioso frangiflutti che serviva a proteggere Palermo dalla furia dell'acqua. In quel momento né Sasà né Marò si sentivano al sicuro. Si agitava nelle loro teste il desiderio di contrastare la morte con la vita, serpeggiava nei loro cuori la necessità di imprimere una svolta alle loro giornate, da un po' di anni sempre uguali.

Sasà si scoprì con fastidio a pensare di avere via libera con Marò. "Né tua né mia" si erano promessi i due amici in Aspromonte, "a meno che non succeda qualcosa a uno di noi." E sarà stato effetto del vino, lui che era astemio, certo è che in quel momento si sentì autorizzato ad amarla. Allungò il braccio e circondò le spalle di lei, era un gesto semplice, apparentemente amichevole, ma lui sapeva che non era così.

Marò dal canto suo aveva perso di colpo ogni indecisione, sentì ogni conflitto interiore sollevarsi dall'anima come quella cappa di umidità che stava lasciando la superficie del mare e risaliva verso l'alto, dissolvendosi. Si chiama resilienza, è la capacità di adattarsi alle nuove situazioni che la vita prospetta, sembra che le donne ne siano particolarmente dotate.

Comparivano a riva le canoe, i gozzi dei pescatori inseguiti dai gabbiani rumorosi. Il sole stava per esplodere nel cielo, l'aria si era schiarita, ma si era fatta pesante. I due amici si guardarono negli occhi e arrossirono, si erano colti in fallo reciprocamente. Non avevano fatto nulla di male, ma tutti e due stavano assaporando la gioia di poter finalmente realizzare il loro sogno.

Sasà si sentì in colpa e tolse rapidamente il braccio dalle spalle di Marò. Si alzò in piedi, si stirò, la schiena scricchiolò, stava invecchiando.

"Meglio concentrarsi sul lavoro" pensò, e scacciò quella vaga quanto inaspettata felicità, che lo faceva sentire un gran figlio di puttana. «Abbiamo pochissimo tempo, hai sentito che ha detto Lobianco? Dobbiamo sbrigarci, tu devi trovare l'assassino, io il boss.» Era diventato improvvisamente scontroso. La tirò per un braccio, aveva fretta di salutarla. Non vedeva l'ora di rimanere solo, infilarsi sotto la doccia e lavare via quel disagio.

Marò abbandonò la panchina controvoglia, abbassò l'orlo della gonna e ricoprì le ginocchia tonde. S'infilò di nuovo i sandali e gli tese la mano. Un ultimo sguardo al mare e poi affondarono i piedi nell'erba che era costata ai palermitani quanto un prezioso tappeto persiano.

In quel momento una folla bianca e vibrante aveva invaso il prato del Foro Italico. Dai quartieri di Palermo affluivano verso Sant'Erasmo uomini dritti e alteri. Come fossero un unico corpo si fermarono tutti nello stesso momento, le spalle verso monte Pellegrino, i volti diretti alla Mecca. Era la fine del Ramadan.

Le galabeya candide ondeggiavano alla brezza del mattino. In quella moschea a cielo aperto, come velo trasparente, il silenzio aveva delimitato uno spazio sacro. Tacevano i gabbiani, testimoni inconsapevoli di una democrazia antica. Gli uomini si piegarono sulle ginocchia, l'Imam intonò la preghiera di saluto al sole, che li ricambiò inondandoli di una luce dorata.

Un po' discosta, su piazza Kalsa, santa Rosalia ancora in piedi sul carro che l'aveva portata in processione, sorrideva sorniona e benediceva compiaciuta i palermitani tutti. Non c'è città più tollerante e accogliente, più rispettosa e comprensiva di Palermo.

SECONDA PARTE

La beffa

Apposta 'nta stu munnu fu mannata,
pi' essiri di Palermo l'avvocata.

FABRIZIO LUPO e VITO PARRINELLO,
Essennu nata santa Rosalia,
da testi tradizionali, 377° festino.

I

A volte le cose cambiano all'improvviso, e questo non riguarda solo accadimenti eccezionali o trasformazioni epocali, ma piccoli mutamenti che segnano l'inizio di grandi eventi.

Per esempio in estate succede che la fila di giornate calde, secche e appiccicose al tempo stesso, si interrompa e senza nessun preavviso Palermo all'alba si ritrovi sotto una coltre di nuvole grigie. In pochi attimi il sole è un ricordo lontano e una luce tetra si spande su cornicioni, fregi, coppi, tettoie di eternit.

Il mare, come un vulcano voglioso di eruttare, ribolle al di sotto della sua superficie, piatta e ingannevole, mentre a terra mulinelli di polvere e cartacce spaurite preannunciano ai passanti solitari il cataclisma imminente. Furioso e improvviso, il temporale si abbatte sulla città, eterna bella addormentata. Le strade si allagano, i tombini saltano, i rami degli alberi, affidati a un inconsistente "servizio giardini e potature", si spezzano sotto il peso della pioggia. Le barche della Cala ondeggiano, cozzano l'una contro l'altra con rumore di stoviglie, le campane di bordo suonano impazzite come vascelli fantasma. Nelle case le donne corrono a chiudere scuri e tapparelle prima che l'acqua rovini tendaggi e parquet. Stanche del caldo che si protrae da mesi, rese irritabili dall'insonnia, si muovono nei corridoi con piglio deciso e lanciano occhiate di rimprovero ai loro compagni che, infrolliti dalla quotidianità, sono causa di scontentezza.

La frescura produce tuttavia sui loro animi inquieti un inatteso effetto benefico. Ringalluzzite, aprono le ante degli armadi e osservano indecise la pila di sandali colorati, le ballerine di tessuto sgargiante. Passano le dita su lacci e tomaie, lustrano cinturini, saggiano ora un tacco, ora una stringa, scegliendo poi di indossare il paio più vecchio o il meno amato, tanto nessuna di quelle scarpe potrà resistere ai torrenti in piena che scorrono sui marciapiedi sconnessi.

Mentre si consuma negli spogliatoi di ogni casa il dramma dell'eterno femminino, gli uomini allungano i corpi sudati sotto le lenzuola e non accennano a muoversi dai letti, mugolando di piacere per quella friscanzana che entra prepotente. Sorridono e inseguono voglie inconfessabili, come se il sonno li rendesse invisibili agli sguardi indagatori delle mogli.

Dura poco il temporale, figlio dell'afa e del vapore acqueo che sale dal mare e si condensa sulle montagne alle spalle della città. In quell'intervallo di tempo tacciono anche gli uccelli: spaventati dalla tormenta, lasciano le altezze insicure e ripiegano con le ali bagnate sulle spiagge fangose.

All'improvviso la pioggia cessa, come la rabbia degli innamorati di fronte alle moine dell'amata. Rimane sullo sfondo il mare, che sussulta come un bimbo esausto dopo un lungo pianto.

Infine le strade tornano a risplendere di una luce bianca e pulita, mentre tra i mandamenti prossimi al mare si tende un arcobaleno dai colori trasparenti.

All'alba, quando la coscienza langue nella trama sottile del dormiveglia, la verità si mostra nostro malgrado senza infingimenti: è per questo, per ottenere informazioni, che i poliziotti irrompono a quell'ora nelle case.

Dietro al cancello serrato di villa Maddaloni, Marò osservava ipnotizzata il gocciolio dell'acqua lungo le foglie delle magnolie e all'interno delle campanule blu. Aveva sfidato il temporale per arrivare presto dalla vedova.

«La signora dorme» disse Caterinedda, che era invece già vestita di tutto punto ed esibiva addirittura un filo di rossetto. Marò guardò l'orologio: le otto. Era presto, ma non prestissimo.

«Chiamala, ho bisogno di parlarle.» E il tono perentorio della sua voce la stupì.

La ragazza aprì il cancello e si fece da parte per lasciarla passare. Imboccarono il viale grande che conduceva all'ingresso della villa, strette l'una accanto all'altra sotto una cerata giallo limone. Il temporale era finito, ma una fitta pioggerellina continuava a cadere dagli alti alberi del giardino.

Caterinedda odorava di tuberosa e cipria, ma sulla porta, mentre ripiegava con cura l'impermeabile di fortuna, dalla camicetta slacciata venne fuori un afrore pungente, selvatico, come di sudore stantio.

Fece accomodare la commissaria nell'enorme salone arredato con mobili déco e sparì al piano di sopra, lasciando traccia del suo passaggio nel sinistro cigolio della scala di perspex.

Seduta su un divano scomodo di lana bouclé verde salvia, la borsa davanti a sé su un tavolo ottagonale di legno scuro con intarsi di osso, Marò cominciò a guardarsi intorno.

Le pareti erano rivestite di una boiserie chiara, alternata a solidi scaffali colmi di libri, soprattutto romanzi dell'Ottocento. Tra le due grandi portefinestre, una collezione in bianco e nero di ritratti: donne belle, eleganti, per lo più famose. Marò ne riconobbe qualcuna: Claudia Cardinale a passeggio per via Roma, inseguita dagli sguardi rapaci di uomini dalle coppole scure, il viso turbato di Monica Vitti, alle pendici di una montagna che poteva essere il vulcano di Stromboli. Portavano tutti la firma di Nicola Scafidi.

In quel salone, a parte qualche dettaglio, tutto risultava fuori tempo e fuori moda. Le tende bianche di tessuto sintetico completavano quell'ambiente pretenzioso e gli davano un tocco di miseria, come una ragazza di buona famiglia cui avessero riadattato i vestiti d'alta moda smessi dalla madre e regalato la bigiotteria firmata accantonata dalle zie.

Mentre aspettava, telefonò al commissariato.

«Fedeli, novità?»

«Ma quando mai, dottoressa. Nessuno sa niente, non si ricordano manco il nome del morto.»

«Disturbo post traumatico da stress.»

«Come dice, dottoressa?»

«Niente, Fedeli, reticenza e omertà. Manco la Santa Inquisizione ci ha potuto coi siciliani. Piuttosto, l'avete trovato il posteggiatore?»

«No, dottoressa. Sparito.»

«Ma siamo sicuri che esiste?»

La ragazzina misteriosa e sporcacciona era entrata con il caffè. Non mancavano nel vassoio le bucce di limone e i grani di anice.

Marò chiuse rapidamente la telefonata.

«Come ti chiami?»

«Caterinedda.»

«E di cognome?»

«Caronia Maddaloni.»

«Come l'avvocato?»

«Commissaria, buongiorno. Gliel'avevo detto che Caterinedda per noi è come una figlia. Tant'è vero che avevamo avviato le pratiche per l'adozione. Dopo cinque anni di affidamento!»

La vedova se ne stava in cima alle scale, immersa in un cono d'ombra. Scese lentamente, accompagnata dal lamento dei gradini. Aveva i capelli fuori posto e indossava una vestaglia di cotone a fiori, una di quelle misere vestine che vendono ai banchetti dei mercati di paese. Spuntava dall'orlo una camicia da notte di maglina beige.

"Com'è trascurata" pensò Marò. "Strano per la moglie di un uomo così importante... e poi è ancora relativamente giovane!"

Dovette leggerle nel pensiero, perché, scivolando delicatamente su una poltroncina, la donna si chiuse il vestituccio, lo lisciò affinché scendesse a coprire le gambe magre e con una mano cercò di riavviare le ciocche, che non ne vollero sapere di muoversi e rimasero appiccicate alla fronte.

«Dopo tanti anni abbiamo pensato di darle il nostro cognome, come lei sa non abbiamo avuto la grazia dei figli.» Quindi girò la testa verso la ragazza: «Ti chiamo io se ho bisogno». Serrò le labbra, appoggiò la schiena alla poltrona e si mise comoda.

L'aria impacciata da bambina ritardata era stata sostituita da un'espressione arcigna e scostante: doveva essersi alzata con il piede storto.

«Signora, scusi se la disturbo, so che per lei è ancora presto.»

«Lasci stare i convenevoli, mi dica cosa vuole.»

«Come dice lei. Genesi 38,10...»

La Maddaloni socchiuse le palpebre per un secondo, come se volesse cercare dentro di sé la risposta giusta, poi spalancò gli occhi e tacque. Fissava la commissaria con aria disorientata, sembrava non aver capito la domanda.

«"Ciò che egli faceva dispiacque agli occhi dell'Eterno, il quale fece morire anche lui", ora ha capito?»

«No.»

«La Genesi, le frasi che mormorava lei l'altro giorno. Ora è più chiaro?»

«Scusi, ma che c'entra con la morte di mio marito?» rispose la donna piccata.

«È una mia curiosità personale, sa come siamo noi donne: ci attacchiamo a dei particolari, cose che non hanno nulla a che vedere con le indagini...» Si interruppe e la guardò di sottecchi.

La tensione serrava il volto della vedova. Chiusa in difesa, non avrebbe fornito alcuna indicazione utile, nemmeno per sbaglio. Marò pensò di doverla in qualche modo rabbonire.

«Bello questo mobile bar, è un Valabrega, vero? Torino, 1930. Non mi dica che le luci all'interno funzionano ancora.»

La Maddaloni si stupì, il nervosismo annidato tra le rughe sottili scomparve.

«Si intende di mobili, commissaria? Non è cosa da tutti il Valabrega.» Quella insolita competenza l'aveva incuriosita.

«Mio padre era ebanista» rispose Marò. La frase era secca ma piena di nostalgia.

La delusione e la solitudine, macchie grigie sulla fronte pallida della vedova, svanirono. Il turbamento, chiaroscuro sul suo viso scarno, la faceva assomigliare a una di quelle attrici ritratte da Scafidi, senza la grazia e la bellezza che le avevano rese immortali.

«Era di mio padre. Quasi tutti i mobili che vede appartenevano a lui», e anche lei sospirò di nostalgia. «E per tornare alla sua domanda: ho studiato la Bibbia, ogni tanto recito qualche versetto per tenere la memoria in allenamento.»

"Già" pensò Marò, "e guarda caso si è andata a ricordare proprio di Onan, che ha un fratello sterile e un rapporto incestuoso con la cognata."

«Chi è che non poteva avere figli, lei o suo marito?» chiese con improvvisa protervia. La Maddaloni sembrò raggrinzirsi, portò le mani al petto come per proteggersi da un dolore insopportabile.

Marò si pentì subito della sua arroganza, si era comportata come il più becero dei poliziotti. Le venne voglia di scusarsi, la domanda era malevola e conteneva un che di morboso. Ma inaspettatamente sortì un effetto, perché la Maddaloni, anziché offendersi e mandarla a quel paese, prese a parlare: «Non so se mio marito potesse avere figli, gli uomini siciliani non fanno analisi che rischino di mettere in discussione la loro virilità. Ho insistito per molti anni, ma lui ogni volta che volevo portarlo dal medico mi guardava con gli occhi di un coniglio spaventato, così a un certo punto ho lasciato perdere. D'altra parte io avevo un problema, una cosa dal nome complicato. Ha mai sentito parlare di endometriosi?» Marò annuì, sua sorella era stata così male! «Trent'anni fa non c'era modo di curarla e, a parte i dolori, la malattia si portava dietro la sterilità. Ma è una cosa così lontana... e poi mi sono rassegnata a questa situazione quasi subito, non inseguo mai sogni impossibili.» Tacque come svuotata, il suo viso aveva riacquistato un'espressione da bambina ritardata.

Marò era mortificata. Aveva toccato un tasto dolente e ora avrebbe voluto sprofondare. Il suo cuore si riempì di pietà per quella sfortunata donna che prima non aveva potuto avere figli, e poi le avevano pure ammazzato il marito. In quel momento si pentì di aver inseguito la pista passionale. Se tutti parlavano di mafia, possibile che Sasà fosse l'unico ad aver capito tutto? Si arrabbiò con se stessa per avergli dato retta.

Fuori aveva ripreso a piovere, le nuvole stavano scaricando il loro contenuto residuo, si sentiva il picchiettare delicato delle gocce sulle foglie del giardino. La vedova aveva adesso l'aspetto compunto e triste di chi si sente menomata, il suo corpo, accasciato sulla sedia, si dichiarava vinto.

«Posso vedere la stanza di suo marito?» domandò con voce flautata.

«Cos'è, una perquisizione?» rispose la Maddaloni. Gli occhi erano fessure, le pupille due spilli scuri penetranti. Era di nuovo sulla difensiva: come un serpente pronto all'attacco, si era alzata e si muoveva per la stanza. Il suo atteggiamento ondivago si ripercosse su Marò, spazzando via ogni indecisione.

«Routine. Annuso, respiro, guardo, è il mio modo di indagare.»

«Va bene, venga» acconsentì, di nuovo il suo corpo rinsecchito era tornato a esprimere rassegnazione e stanchezza. C'erano due persone in quel corpo minuto e insignificante, e Marò voleva conoscerle entrambe.

II

Salirono l'una dietro l'altra e sbucarono in un corridoio lungo e buio. I piedi sprofondavano su una guida soffice, i passi, battenti sui gradini, si fecero felpati. Procedevano in un tunnel di silenzio.

Il corridoio finiva con una porta pesante che dava accesso alle camere. La Maddaloni aprì e si fece da parte con riluttanza: «Questo è lo studio», la sua faccia si era ammorbidita come cera calda.

La stanza era grande, simmetrica, luminosa. Al centro un piccolo scrittoio di ciliegio, lucido e completamente sgombro. Lì l'avvocato di certo non ci lavorava, quel tavolo sembrava un vezzo, un ornamento. Un divano Frau e di fronte tre grossi quadri: una campagna siciliana di Lojacono, una bufera di Leto, uno scioccante ibisco di Guccione.

«E la camera da letto?»

La vedova indicò un piccolo disimpegno, dal quale si accedeva alla camera, al bagno e allo spogliatoio. Gli ambienti erano contenuti uno dentro l'altro, dal più grande al più piccolo: una sorta di matrioska.

L'arredamento era lussuoso ma severo, nessun cedimento ai fronzoli. Un'eleganza essenziale e raffinata. Il letto era alto, di legno scuro, ai lati due tavoli di vetro. Su uno pochi libri, *Il Rosso e il Nero* di Stendhal, *Una storia semplice* di Sciascia, *Lettera al mio giudice* di Simenon. Per Marò fu una sorpresa: un tipo 'nturciunato, il morto. Ragione e sentimento declinati al maschile e cucinati alla siciliana. La prima impressione, che è poi quella che conta, fu che all'interno di quei metri quadri l'avvocato fosse una sorta di signore incontrastato e la moglie non avesse facoltà di scelta, forse persino di accesso.

La spiegazione arrivò subito: «Abbiamo sempre dormito in camere separate, la mia è dall'altro lato del corridoio» sussurrò la vedova con un certo rammarico, sembrò a Marò che quella donna le leggesse nel pensiero.

«Non le dispiace, vero, se rimango da sola?»

«Se pure mi dispiacesse, non credo che cambierebbe qualcosa. Faccia pure commissaria, io vado a vestirmi, ho un appuntamento alle 12.»

Andò via con passi piccoli, cercando di scansare quell'abituccio che le impacciava il cammino.

Lo spogliatoio era un'ampia stanza quadrata con le pareti foderate di legno. Al centro troneggiava un grande specchio a figura intera. Doveva essere un uomo molto vanitoso, si immaginò Marò. Quasi lo vide contemplarsi soddisfatto ogni mattina.

Fece scorrere le ante e come piccole stelle si accesero una serie di faretti che illuminarono gli abiti disposti su due file: quelli in basso di lino chiaro, dal bianco al tortora all'azzurro carta da zucchero; di tasmania quelli in alto, di varie tonalità dal grigio al blu – sottili, impalpabili, scivolosi come seta. Li accarezzò ammirata, le mani si mossero sulla stoffa morbida con una certa voluttà. Aprì piena di curiosità i cassetti, camicie di voile in tutte le gradazioni del celeste, collo alla francese che pretende cravatte dal nodo grande e morbido, nessun cedimento ai moderni botton down. Emanava da quella stanza un profumo intenso, dalle note legnose, con un sentore di fico maturo e un accenno di mirra. "Il sacro e il profano" pensò Marò. Salda sulle lunghe gambe muscolose, i piedi divaricati, faceva scorrere gli occhi avanti e indietro, sopra e sotto, e ancora una volta allargava le narici e annusava l'aria profumata appesantita da un che di stantio.

Cosa sperava di trovare tra quegli abiti raffinati? Frugò prima a casaccio, poi in maniera sistematica, dentro alle tasche, cominciando dall'esterno e continuando all'interno, senza trascurarne nessuna, nemmeno il taschino per la pochette. Ma quei vestiti erano stati tutti accuratamente puliti, spazzolati e stirati: non c'era neanche uno scontrino, né una ricevuta delle innumerevoli carte di credito che l'avvocato aveva posseduto.

"Cambia prospettiva" si disse, "comportati come una moglie gelosa che cerca le prove dell'infedeltà del marito." Mossa da una sorta di frenesia, annusò tutte le giacche, una per una, le tolse dalle stampelle e le frugò di nuovo, semmai da poliziotta le fosse sfuggito qualcosa. Poi passò a una perquisizione accurata dei cassetti, affondò il naso anche nelle cravatte, si fermò solo davanti alla pila dei boxer candidi e alle cinture, tutte di cuoio scuro e con la medesima fibbia d'acciaio brunito. Il cassetto dei calzini suscitò la sua meraviglia, erano tutti arrotolati: cannoli di cotone ciccioni che giacevano uno accanto all'altro, secondo colore e tonalità. Più che un armadio sembrava la vetrina di una pasticceria. Passò le mani sopra ogni ripiano, niente.

Due piccole ribalte in radica di noce – una riservata agli orologi e l'altra ai gemelli – la entusiasmarono, specialmente la seconda. Maddaloni era un raffinato, ne possedeva di ogni foggia e di ogni tipo: di metallo o pietra, d'oro, di acciaio, di corallo, rubino, smalto, persino di selenite, quella pietra bianca cangiante che si dice faccia diventare pazzo chi la porta addosso, evidentemente non credeva alle leggende.

Dopo l'armadio fu il turno del bagno. Sulle mensole, un'unica marca di profumo e una sola linea di creme e dopobarba. Bottiglie preziose di vetro trasparente, con etichette straniere e tappi sagomati. Accappatoi e asciugamani rigorosamente blu, tanti quanti ne necessitano a un uomo dedito al proprio benessere: un'infinità. Sembrava che in quegli ambienti fosse passata un'impresa di pulizie, non c'era un capello né un filo di polvere, ma le mogli gelose sono ostinate e non si arrendono all'evidenza.

«Ha finito, commissaria? Dovrei uscire...», la vedova era entrata in punta di piedi, chissà, magari la osservava già da qualche minuto.

«Vada pure signora, tanto non le rubo nulla» rispose brusca, come colta in fallo.

La Maddaloni la fissò con sguardo interrogativo. "Ma come, voleva rimanere sola in casa sua?" sembrava volesse dire.

«Esca pure, io non so di quanto tempo ho ancora bisogno.»

«Va bene» acconsentì la vedova, «ma per favore chiuda il cancello.»

«Be', può farlo Caterinedda.»

La donna sobbalzò, come ingelosita dalla confidenza con

la quale Marò trattava la sua protetta. Passò nei suoi occhi un lampo rabbioso, la faccia ossuta si irrigidì come il muso di una gatta che ha appena sgravato.

«Lei viene con me» disse perentoria.

«Signora, non posso rimanere in casa sua da sola, la legge me lo impedisce. C'è il cameriere?»

«È via, e io devo uscire per forza.»

«E allora non abbiamo scelta» concluse Marò con la voce ammorbidita da quella concatenazione di fatti, tutti a lei favorevoli.

«Va bene» acconsentì la Maddaloni con un sospiro. «Starà in giardino, la chiami se le serve qualcosa.»

Marò si trovò sola nell'immensa villa, libera di muoversi a suo piacimento. S'affacciò al balcone, aveva bisogno di aria.

Contrariamente alla casa, dura e ostile, il giardino aveva un'anima accogliente e leziosa, tutta femminile. I cespugli di rose fiorite, la fitta spalliera di limoni attorno alla cucina, le siepi di rosmarino, salvia e menta radenti il barbecue, il glicine lussureggiante che ricopriva l'intera facciata e spandeva un odore polveroso, la sfilza di pomelie che si dipanava attorno alla veranda, e poi i vasi di gelsomino, il cui profumo evocava cose buone d'altri tempi. Marò, come incantata, si muoveva tra l'esterno e l'interno e intanto lasciava emergere le sensazioni profonde. Eliminata la razionalità come zavorra inutile, l'istinto prendeva corpo e accresceva la fiducia nelle sue capacità.

Respirò profondamente e rientrò in bagno. Frugò tra i saponi, la biancheria, persino tra le medicine. Nulla neanche lì – un antiacido, acqua ossigenata, aspirina –, l'avvocato doveva godere di buona salute e, come aveva già detto il medico legale, avrebbe potuto campare fino a cent'anni, se fosse dipeso da lui.

Poi la sua attenzione fu attirata dall'accappatoio appeso all'interno della doccia. Era un po' stazzonato, le maniche arrotolate, l'unico capo non fresco di bucato, doveva essere ancora impregnato dell'odore del proprietario. Lo tolse dal gancio e lo osservò da vicino. Era blu, di spugna morbida e pesante, rivestito all'interno da una fodera sottile di lino azzurro. Lo indossò e si guardò allo specchio.

Infilò le mani in tasca, se lo strinse bene attorno al collo, respirò con il naso dentro alla spugna. Sentì odore di vizio, il suo corpo reagì con un fremito di disgusto. Serrò gli occhi per sprofondare in quella sgradevole impressione, a volte le indagini prendono una direzione invece di un'altra solo grazie a una sensazione improvvisa e inspiegabile, e solo più tardi arriva l'idea.

Affondò le mani nelle tasche e mosse le dita come fossero antenne sensibilissime. Il suo indice affusolato trovò un buco, s'insinuò tra fodera e spugna, si mosse in quella stretta fessura, la allargò, fin quando penetrò anche il medio. Le due dita indugiarono in quella intercapedine che sembrò loro un rifugio. Poi, come dotata di volontà autonoma, la mano sgusciò fuori dalla tasca serrando un rotolino di carta. Marò lo tenne stretto nel pugno, poi si decise ad aprire gli occhi e le dita. Aveva la forma rotonda di una pallina, l'aria malandrina e irriverente. La commissaria lo srotolò, lo stese con le dita. Su carta sottile e bianca una calligrafia svolazzante e tonda aveva scritto con una matita rossa: "Ti bacio con tutte le mie labbra". Era un messaggio sensualissimo, forse la conclusione di una lettera d'amore. Non era frase da moglie, non è cosa che si dice dopo tanti anni di matrimonio, dunque l'avvocato nascondeva una relazione. E con una femmina, visto l'accenno a più di un paio di labbra. Il pizzino sommato alla sensazione di disgusto faceva un indizio. Finalmente qualcosa.

Rimise quindi a posto l'accappatoio, chiuse le ante dell'armadio, si infilò il biglietto in tasca. Sentì forte il bisogno di aria fresca: tutti quei profumi, dentro e fuori dalla casa, le avevano procurato una certa nausea. Scese le scale e uscì in giardino.

Caterinedda era seduta sulla poltrona della vedova. La raggiunse e si accorse che stringeva tra le mani un libro: *L'incostante* di Marie de Régnier.

«Di che parla?» chiese con la voce fremente di curiosità per quel titolo e quell'autrice sconosciuti. Proprio in quel momento il suo telefono squillò:

«Commissaria, l'hanno preso!»

«Chi?»

«L'assassino.»

«Fedeli, che stai dicendo?»

«L'assassino di Maddaloni.»

«Arrivo!», corse fuori senza nemmeno salutare, ma annotò mentalmente titolo e autrice del libro.

III

Il commissariato era sotto assedio: giornalisti, reti televisive, passanti e curiosi. Marò fece fatica a raggiungere l'ufficio dove Fedeli, impettito, aspettava un suo cenno per parlare.

«Allora?»

«Giacomo Arduzzi, posteggiatore abusivo ma in un certo senso autorizzato. Al palazzo di Giustizia lo conoscono tutti: avvocati, magistrati, impiegati, in tanti gli lasciano la macchina. Senza di lui le udienze andrebbero deserte causa mancato parcheggio. Dopo il delitto non è più tornato a lavorare. L'hanno preso a casa, e ci hanno pure trovato l'arma del delitto.»

«E dov'è ora?»

«In questura, lo stanno interrogando.»

«Ma chi?»

«Gli uomini della Mobile.»

«E che cazzo c'entra la squadra mobile ora?»

«Che ne so io.»

La meraviglia si trasformò in rabbia. Era lei la titolare delle indagini, e i suoi colleghi l'avevano scavalcata. In quel momento il capo della squadra mobile si parpariava alla radio raccontando i particolari della cattura dell'assassino di Maddaloni. Marò era furiosa. Dal profondo dell'anima saliva la sensazione di inadeguatezza che aveva condizionato tutta la sua vita.

«Ha confessato?»

«Nega, si dichiara innocente.»

«E la mazza?»

«Dice di averla trovata per strada, voleva regalarla al nipote.»

«Va bene, Fedeli, puoi andare. Se ho bisogno ti chiamo io.»

La commissaria si attaccò al telefono: «Il questore Lobianco».

«Non c'è, se sono cose urgenti può cercarlo al cellulare.»

Fece il numero.

«Pronto?», quell'unica parola sembrava averla pronunciata un fantasma, le vocali tremavano e sull'ultima sillaba la voce quasi si spense. Marò pensò di aver sbagliato numero e controllò il display.

«Questore, le devo parlare.»

«Non mi sento molto bene, rimandiamo.»

«Non si può, è cosa urgente.» Offuscata dalla rabbia, non si accorse della fatica che ogni parola costava al suo interlocutore.

«Vieni a casa, allora.»

Non era un invito ma un cedimento, quell'uomo non aveva più la forza di opporsi.

I quattro canti li raggiunse in pochi minuti, la portiera aveva un mazzo di chiavi e la accompagnò. Lobianco non era in grado di aprire la porta, le cure lo avevano fiaccato.

«Non lo faccia stancare» le raccomandò la donna, e poi prima di chiudere la porta aggiunse: «Mischino, 'unni pò chiù.» Marò non la sentì, aveva altro per la testa. Imboccò il corridoio e raggiunse la camera da letto.

«Buongiorno questore, hanno preso l'assassino di Maddaloni.»

«Complimenti» rispose in un soffio Lobianco, poi la invitò a sedersi e sollevò la mano come a dire "Avanti, parla".

«Complimenti alla squadra mobile, sono stati loro ad arrestarlo.»

Il questore non si mosse.

«Così, mentre io indagavo, qualcuno si faceva i suoi giochetti. Lei lo sapeva?»

«Marò, non sono mica nato ieri. Ti pare che lasciavano una donna da sola a gestire un morto come quello?» Parlava con fatica, le parole uscivano a scatti, come se sulla soglia delle labbra si inceppassero nei denti. «E poi io te l'avevo detto di sbrigarti.»

«Vabbè, giorno più, giorno meno... perciò arrestarono il posteggiatore senza dirmi nulla?» Marò era imbronciata come una bambina. Lobianco in un altro momento l'avrebbe stretta tra le braccia, le avrebbe baciato i capelli, accarezzato le guance. Si sollevò sui cuscini con un gemito, una espressione di insofferenza passò nei suoi occhi.

"E ora che faccio?" si domandò Marò. Indecisa sul comportamento da assumere, guardò Lobianco sperando in un suggerimento. Solo allora si rese conto delle sue condizioni di salute. Provò una stretta al cuore. "Non ne ha ancora per molto" pensò, e due grossi lucciconi le rotolarono lungo le guance dorate. Improvviso e ineludibile, il senso di colpa irruppe nella sua anima: l'egoismo l'aveva accecata. La verità era che gli amici, gli amori, gli altri in generale per lei esistevano solo in funzione dei suoi bisogni. "Ecco perché non ho famiglia" si disse, "perché sono una fottuta egocentrica!" Ancora una volta, non poté fare a meno di pensare a se stessa. Era in un circolo vizioso, che forse la maternità avrebbe potuto spezzare. Ma per fare figli ci vuole molta generosità.

Lobianco le fece cenno di avvicinarsi, lei si sedette sul bordo del letto, così da vicino sentì l'odore della malattia. Nella penombra della stanza la commissaria non aveva ancora notato i due solchi verticali che correvano lungo il viso scarno di lui, ora poté accorgersi anche della pelle squamosa delle mani e dei segni blu delle ripetute punture sulle braccia. Ebbe voglia di scappare. "Incapace, egoista e codarda."

Mentre lei annegava nel mare del suo fallimento, il questore parlò: «Stammi bene a sentire: ti avevo avvertita che non potevo proteggerti a lungo. Ora vai alla Mobile e pretendi di assistere all'interrogatorio. Muoviti con discrezione, non fare casino e soprattutto...», il questore fece una pausa, prese fiato, poi sussurrò: «soprattutto non rompermi più i coglioni!».

IV

Appena fuori riaccese il telefono, che cominciò subito a squillare. Marò non aveva voglia di parlare, controllò il display e riconobbe il numero di Sasà, a lui non poteva sottrarsi.

«Ti devo parlare, ci vediamo questa sera?», la voce dell'amico al telefono era neutra, metallica, come se dovesse comunicare questioni di nessuna importanza.

«Ora non posso» rispose lei laconica.

«Amunì, che ti devo dire una cosa» insistette.

«No.»

Si sentiva svuotata e non era in grado di sostenere il peso di una conversazione.

«Come fu che non puoi? Hai impegni urgenti? Il parrucchiere? La sarta? L'estetista?», la voce di Sasà era infarcita di sarcasmo, lei non reagì alla provocazione e rimase in silenzio.

«Marò, non lo so che ti passa per la testa, ma ti devo parlare, perciò finiscila di fare la scimunita. Parto ora da Tummina, ci vediamo da te per cena.»

«Vedi che non ho proprio nessunissima gana di preparare.» L'uso di quel superlativo la sfiancò definitivamente.

«E che m'interessa, tanto pure io non ho nessunissima gana di comprarti qualcosa.»

«Sai che novità» rispose acida Marò, ma Sasà aveva già chiuso la conversazione.

Di malavoglia Marò imboccò corso Vittorio Emanuele verso Porta Nuova. Alla cattedrale la salva di furiose emozioni distruttive le chiuse la gola e le provocò un violento attacco di panico. Fu costretta a rallentare, la camminata da vigorosa diventò molle. Il piede scivolava in avanti con un movimento tortuoso, accarezzando l'asfalto. Il peso rimaneva per qualche secondo sulla gamba dietro, poi di colpo si spostava su quella avanti, come in un ballo elegante e innaturale. Così, danzando, attraversò la strada e si infilò a villa Bonanno tra palme alte e spelacchiate. Si annacò svogliata fino a una scomoda panchina di ferro rugoso, dove si accasciò come un sacco vuoto. Lo sguardo fisso all'androne della questura, con le scale sconnesse che si aprivano davanti a lei come una dentiera usurata, si abbandonò al dispiacere con il compiacimento del masochista che nel ruolo della vittima ci sguazza. Sentiva le gambe molli e le braccia pesanti, le venne la nausea. I conflitti che l'avevano agitata fino a quel momento erano svaniti di colpo dal suo cuore, così come i pensieri dalla testa e l'energia dalle membra. La cattura dell'assassino, le soperchierie dei colleghi, il vaffanculo di Lobianco erano poca cosa rispetto al giudizio che lei dava di se stessa. Il senso di inadeguatezza la faceva sentire una pila scarica. Continuava a passare in rassegna i propri difetti, minimizzando come un'adolescente insicura i talenti, persino la sua intelligenza emotiva, che l'aveva fatta brillare tra i colleghi del gruppo investigativo in Calabria.

Tutto sommato le era servito poco il suo intuito al commissariato Politeama, il più noioso del Centrosud, eppure il più ambito da chi non ama il lavoro di trincea. Ma ce l'avevano mandata o l'aveva chiesta lei quella sede comoda e mondana, si chiese in un crescendo di autodistruttività. E comunque se non le fosse piaciuto avrebbe potuto chiedere il trasferimento, anziché rimanere tutti quegli anni rintanata in una stanzetta piccola piccola come una lumaca dentro al suo guscio. Una babbalucedda, ecco cos'era! Che parola ingannevole, il suono evoca un sentimento di tenerezza, mentre il significato rimanda a ben quattro attributi negativi: vavusu, cornuto, stricanterra, portancoddu.

Il paragone con la lumaca fece crollare le ultime barriere difensive. "È colpa mia" si ripeté, e si mise a piangere, devastata dalla frustrazione. "Finirò scrafazzata come quei gusci che mi scricchiolavano sotto ai piedi a Santa Rosalia" pensò sconsolata.

Scosse la testa per cacciare via i brutti ricordi, e i suoi capelli luccicarono nell'ultima luce del tramonto.

Era così bella, aveva molto per essere soddisfatta di se stessa, se solo non avesse smarrito lungo la strada quel buonsenso che rende possibile la felicità.

"Muoviti con discrezione" le aveva detto il questore. «Non se ne parla proprio di muoversi» disse a voce alta; fondersi con quella panchina, diventare ferro, ruggine, era il suo unico desiderio. Invece di reagire, ecco che si tirava indietro. Le sue paure erano cresciute negli anni. L'eroismo della Calabria era solo un ricordo. Le era mancato il coraggio per buttarsi nel fango, ora poteva solo rimpiangere le occasioni perdute. Sentì il bisogno impellente di un abbraccio affettuoso, pensò a Sasà e si asciugò le lacrime. Le ombre si allungavano sull'erba secca, mentre la sera si avvicinava.

L'assassino l'avevano preso e, se non aveva ancora confessato, lo avrebbe fatto di lì a poco e il merito sarebbe andato agli uomini della squadra mobile, lei invece ne sarebbe uscita con le ossa rotte. D'altra parte, invece di correre ad arrestare il posteggiatore, era andata a casa della vedova *a prendersi il caffè*. A quel pensiero ebbe un sobbalzo. L'ambiguità e il vizio si materializzarono come un verme che fa capolino da una mela rossa e lucida. "Ma che te ne fotte se hanno un colpevole! Sei sicura che in quella casa c'è qualcosa da scoprire? E allora vai, continua per la tua strada."

Era stato quell'improvviso odore a rimettere in circolo le sue energie, e senza neanche accorgersene riprendeva a essere propositiva. Accolse la sensazione di benessere che seguì quella risoluzione. "E pazienza se mi faranno nera, tanto ormai sono comunque fuori dall'inchiesta." Eccolo il buonsenso che apre le porte alla felicità.

Si passò la mano tra i capelli, indossò gli occhiali da sole per nascondere gli occhi ancora arrossati dal pianto, e si incamminò verso il Palazzo Reale. "Al massimo mi confinano per sempre al commissariato Politeama, in fondo mi ci sono trovata bene", in quel modo Marò si rinforzava nella sua convinzione. "Se non ho mai sgomitato per un posto di trincea, vuol dire che la mia vocazione è quella delle marche da bollo e la missione della mia vita è rinnovare passaporti a bamboccioni di buona famiglia in partenza per gli Stati Uniti."

A corso Calatafimi si aggirò con aria vogliosa tra i banchetti colmi di pesce, le pentole fumanti di patate e fagiolini bolliti, le teglie di cipolle e peperoni arrosto. A quell'ora la città comincia la sua seconda vita. Come fosse mattino presto, le strade brulicano di venditori ambulanti, il cibo crudo della mattina torna, cotto, sui banchi del mercato, pronto per la tavola.

L'odore pungente del pesce non più freschissimo dopo ore di esposizione all'aria, il profumo della frutta che si disfava al caldo la misero di buon umore. Quando arrivò a casa, le braccia appesantite dalla spesa, i muscoli stanchi, Marò si sentiva l'animo più leggero e si era riconciliata con se stessa. In ultima analisi, nessuno l'avrebbe più controllata e perciò poteva dedicarsi alle sue indagini senza le pressioni dei superiori e della stampa. E alla fine forse si sarebbe potuta anche permettere il lusso di una famiglia.

L'indolenza e la rassegnazione sono veleni che possono essere trasformati in medicina. Marò in quel momento si scoprì medico di se stessa.

Spaghetti cu' l'ova di rizzi

Ingredienti

Spaghetti
Ricci
Olio extravergine d'oliva
Limone
Prezzemolo
Pepe
Sale

Procedimento

Tagliare i ricci e con il cucchiaino raccogliere le uova e il pochissimo umore contenuto nella cavità (pesarne ottanta grammi a persona). Unirli in una zuppiera con un cucchiaio di olio e il succo di mezzo limone (a persona), pepe e una presa di sale.

Far lessare gli spaghetti, scolarli bene e metterli nella zuppiera mescolando accuratamente. Sul tutto far cadere il prezzemolo tritato.

I ricci maschi, inutilizzabili in cucina, hanno aculei spinosi radi, le femmine ne hanno una massa voluminosa. Queste ultime sono piene di uova quando la luna è piena e vuote quando è calante.

V

Posò i pacchi sul tavolo della cucina, un rivolo d'acqua verdolina scorreva dalla busta della spesa. Si tolse le scarpe per muoversi più liberamente, quindi sistemò le verdure in terrine dai colori sgargianti. Cercò nel congelatore un sugo per la pasta. Immersi in una nuvola di freddo, scorse vasetti di vetro colorato, vaschette di plastica opaca, teglie di alluminio argentato, tutti colmi di delizie sugose e di sfizi oleosi che Marò preparava in preda a bulimia gastronomica e poi congelava. Al momento opportuno non aveva che l'imbarazzo della scelta.

"Uova di ricci, è quello che ci vuole" pensò. "E chissà che non sortiscano qualche effetto miracoloso." Afferrò un contenitore dal promettente colore arancio, tolse il coperchio, i cristalli di ghiaccio brillarono alla luce del frigo. Lo posò sul tavolo a scongelare e pregustò quella crema morbida e salina che sapeva di tutto e di niente.

Nel mese di maggio era stata a Favignana con le amiche, la scogliera era un tappeto di nerissimi e spinosi animaletti che quasi affioravano alla superficie dell'acqua. Ne aveva mangiate una quantità enorme, mugolando di piacere. Prima della partenza il giovane pescatore che l'aveva corteggiata con silenzioso riserbo, offrendole ricci invece che fiori, le aveva regalato alcuni barattolini preparati apposta per lei. "Era bello quel ragazzo dal corpo abbronzato e muscoloso, peccato non si sia fatto avanti con decisione" pensò Marò. Rivide la sua pelle lucidata dall'acqua, i capelli lunghi che gocciolavano sulle spalle larghe e forti, i capezzoli eretti sui pettorali guizzanti... «Ogni lassata è persa» mugugnò.

Guardò l'orologio e corse in bagno, quella sera voleva essere bellissima. Sciolse i sali nella vasca colma d'acqua calda, si unse con olio di mandorle e poi si immerse. La stanza era satura di vapore, lei chiuse gli occhi e lasciò libera la fantasia. Sarà stato il ricordo del pescatore che l'aveva eccitata, certo è che si trovò a desiderare le carezze di due mani forti e audaci. Un fiotto caldo e umido le passò tra le gambe. Si allungò sul fondo della vasca, infilò la testa sotto e si abbandonò al flusso delle emozioni.

Soddisfatto almeno in parte il desiderio senza padroni che vagava nel suo corpo, comparve di nuovo la vocina dispettosa: "Non sei stata all'altezza". "È vero" acconsentì, "ma posso rifarmi. L'importante è che alla fine la verità venga fuori."

Rimase ancora un po' a galleggiare. Quando l'acqua si freddò, si sentì di nuovo bene. «Questa sera c'è Sasà, domani pensaddio!» disse.

Si asciugò compiacendosi del suo corpo sodo, indossò

biancheria sexy e un vestito nero fasciante. Lasciò che i capelli si muovessero liberi sulle spalle e decise di non indossare le scarpe: conosceva bene il potere di seduzione dei suoi piedi, specie con le unghie laccate rosso fuoco.

VI

Anche Sasà aveva avuto il suo bel da fare, e guidava verso casa di Marò ripensando alle ultime ore della giornata e alle brutte figure collezionate.

La mattina era stato al centro commerciale per il solito caffè, era stanco dopo l'incursione in discoteca. Cosuccia era lì, nel negozio di biancheria intima. Negli ultimi tempi ci aveva pensato così poco che quasi non se la ricordava più. Ma a trovarsela davanti in carne e ossa mentre soppesava tra le dita affusolate un reggicalze di pizzo bianco il vecchio desiderio affiorò e qualcosa si smosse nelle viscere di Sasà.

La immaginò vestita da infermiera, la divisa corta e aderente, i ganci di metallo che si indovinavano sotto al tessuto, i seni grandi che debordavano dalla scollatura... in preda a un pianto grottesco entrò nel negozio. Incapace di controllarsi, la trascinò nel camerino e la baciò vorace. Era pronto ad affrontare le conseguenze di quel gesto sconsiderato e a far fronte alle rimostranze della donna che, senza dire né ah né bah, rispose all'abbraccio inaspettato con molto entusiasmo. I loro corpi si intrecciarono in un groviglio di braccia e gambe e, mentre lui perdeva tempo a piangere, lei, dimostrando una certa prontezza di spirito, passava alle vie di fatto slacciandogli i pantaloni.

«Lo sapevo che eri una porca» disse il Sostituto singhiozzando di piacere. Dovevano fare in fretta, il camerino di un negozio può essere pericoloso. Sasà cercò di arrivare al dunque, ma *lui* non si mosse. Cosuccia, armata di buona volontà, cercò di risolvere il problema con sapienza ed esperienza. Sasà lo supplicò, ma quello scemo non ne voleva neanche a brodo. Cambiarono posizione, niente. Non successe niente. Sasà continuava a piangere, di vergogna ora.

Cosuccia, delusa, si rimise a posto i vestiti: «La pistola si inceppò, commissario?». Lui non rispose. Ma la verità è che l'uomo fotte in solitudine. E la colpa era di tutto quell'ammuino e dei due locchi fuori della porta, che lo facevano sentire sempre sotto pressione.

Con il pensiero fisso alla propria traballante virilità, il Sostituto congedò con un grugnito i due agenti della scorta e bussò alla porta di Marò. Lei lo abbracciò voluttuosa, lui ricambiò con cortesia.

«Senti qua, ti devo parlare» disse sbrigativo.

Lei si allungò accanto a lui e cominciò a giocare con il collo della sua camicia. Sasà le tolse la mano. Lei sollevò il piede e gli solleticò la gamba, passando e ripassando la lingua sulle labbra. Lui non aveva proprio nessuna gana di abboccare. Gli poggiò un piattino di mandorle sulla pancia e provò pure a imboccarlo, lui la scansò di malagrazia: «Ce la sai a stare ferma?».

Marò, rassegnata, si raddrizzò sul divano e guardandolo fisso gli comunicò: «Lo sai che hanno preso l'assassino di Maddaloni?».

Il Sostituto finalmente la guardò negli occhi:

«Bi, bii, biii, ma che mi dici? E quando fu?»

«Questa notte.»

«E com'è che non se ne sape nenti?»

Marò fece il broncio, voleva essere mischiniata. Lui non si accorse della sua espressione delusa e partì con domande da sbirro: «Chi è? Chi l'ha preso? Dove l'hanno portato?».

«Il posteggiatore, la Mobile, alla questura.»

C'era qualcosa che non appattava e finalmente Sasà lo comprese.

«Ma tu perché sei a casa invece di presenziare all'interrogatorio?»

Marò si tirò i capelli dietro le orecchie, bevve un lungo sorso di vino e si decise a rispondere solo perché Sasà dava evidenti segni di impazienza:

«La squadra mobile ha indagato senza dirmi nulla, e quando l'hanno preso mi hanno fatta fuori del tutto. Ora la cosa è in mano al magistrato.»

«E tu ci credi?»

«Gli hanno trovato l'arma del delitto a casa.»

«Minchiata solenne!» disse Sasà con la faccia così dura che sembrava una balata di marmo. «E tu non solo sei cretina, ma pure rifarda. L'avevo detto io fin dall'inizio che ti dovevano togliere l'indagine.»

«Sasà, non ti ci mettere pure tu. Non basta tutto quello che m'hanno fatto?» Marò cercò il bicchiere del vino. Sentiva la gola bruciare per un pianto imminente, ma non gliela voleva dare questa soddisfazione, saziu manco a Dio! Si alzò di scatto e se ne andò urlando in cucina: «Porca buttana, Sasà, sei proprio uno stronzo!». Era sicura di poterselo giocare come le pareva a Sasà, e invece guarda quello stronzo come reagiva. Le uova dei ricci dal magico effetto afrodisiaco a quel punto non sarebbero servite a niente.

Sasà la raggiunse in cucina. «Marò, è una minchiata.» La sua voce si era un po' addolcita. Era così lui: l'aggressività degli altri lo calmava. «Io quel posteggiatore lo conosco, è un pezzo di pane, non ha mai fatto male a nessuno, e poi lavora davanti al tribunale. Ma ti pare possibile che lo andava ad ammazzare proprio là, dove anche le pietre avrebbero potuto riconoscerlo?»

«Sasà, pure a me pare strano, però gli hanno trovato in casa l'arma del delitto.»

«Va' a capire perché stava lì. Senti, lasciamo perdere. Ero venuto per dirti una cosa. Mi hanno fatto una soffiata credibile.»

«Che importa, tanto ormai sono fuori dalle indagini.»

«Di questo parliamo dopo. Vieni, dài.»

Sasà la prese per un braccio, la portò in terrazzo e la invitò con un gesto galante a mettersi comoda sul divano accanto a lui.

Lei fece la ritrosa, rimase in piedi, poi lui diede uno strattone al vestito, le fece perdere l'equilibrio e ridendo Marò scivolò al suo fianco. Reclinò la testa sulla sua spalla, sollevata di potersi finalmente appoggiare a qualcuno.

«Ieri sera ho fatto irruzione in una discoteca...»

«Ancora! Non ti disse altro Lobianco?»

«Marò, che camurria! L'ho dovuto fare: non c'erano uscite di sicurezza, degli estintori manco la fotografia, fili elettrici che pinnuliavano gnuni gnuni, minorenni ubriachi e fuori di testa... Gli uomini entrano di corsa, si spegne la musica. "Fermi tutti, polizia!" urlo. Da dietro le mie spalle parte un pirito fenomenale, come quello di Totò al generale delle SS.» Marò scoppiò a ridere, la sua gola gorgogliò come acqua fresca di un torrente in piena. «C'è poco da ridere, Marò. Lo sai che io sono fumantino, perciò mi giro di scatto e do una timpulata a muzzo. E indovina chi piglio?»

«E che ne so io!»

«La commissaria Maria Cancellieri, nipote del prefetto.»

«Minchia!»

«Sì, proprio lei. Capisci come siamo ridotti? Una di noi dentro una discoteca fuori legge, che ballava fianco a fianco con gentaglia di tutti i tipi.»

«Te la faranno pagare sta timpulata, Sasà, a caro prezzo.»

«Poi te lo saprò dire, ma non è questa la cosa importante. Identifichiamo i presenti, ce ne portiamo una decina al commissariato. Quando è il momento di firmare i verbali, il proprietario della discoteca fa cenno di volermi parlare. "Dottore, permette una parola?"

"Che c'è?"

"Dottore, se a lei non dispiace me ne tornerei a casa... Mia moglie deve comprare da un minuto all'altro..."

"E tu che sei, ostetrico?"

"Dottore, lei ha sempre voglia di scherzare, ma quella se non mi vede arrivare si spaventa."

Io non gli do retta, e allora lui dice che ha delle informazioni per me. "Però, dottore, dopo mi lascia andare."

"Prima parla e poi vediamo."

"Omicidio Maddaloni, bel pezzo da novanta pure quello!"

"E tu che ne sai?"

"Dottore, ma lei di dove viene? Manco siciliano pare! Lo

sa che qua si sa tutto di tutti e alla fine non si sa mai niente. Magari alla sua amica commissaria ci interessa quello che le devo dire...", mi guarda con occhi torbidi e allunga mezzo metro di lingua. Quando mi nomina a te, io lo avrei preso a legnate».

"Ti ascolto, ma se quello che mi dirai è una minchiata, aggiungo pure la falsa testimonianza ai capi d'imputazione."

"All'avvocato Maddaloni ci piaceva la carne, fresca, molto tenera, e aveva un carnezziere di fiducia. Ci dica alla sua amica, di cercare la carnezzeria Caronia allo Zen." Hai capito, Marò?»

«No, Sasà, non ci ho capito niente.»

«Marò, io sono un tipo testardo, lo so, ma tu sei una turduna. A Maddaloni gli piacevano le ragazzine, quelle molto giovani, e un certo Caronia gliele procurava, carne fresca, carnezziere... quel posteggiatore non c'entra un cazzo. Capisci ora?»

Finalmente Marò ebbe un appiglio alle sue sensazioni.

Caronia, quel cognome l'aveva già sentito... dove, quando? Non riusciva a ricordare. Cercò il blocco degli appunti e l'occhio si posò sulla scheda dedicata a "Caterinedda Caronia Maddaloni". L'odore di vizio non era un'allucinazione di Marò. Nessuno l'avrebbe potuta accusare di fantosmia.

Lì la raggiunse Sasà qualche minuto dopo: «Devi continuare a indagare» insistette Sasà. «L'assassino è ancora a piede libero e guarda che è come ti dico io, si tratta di un delitto passionale. E ora possiamo mangiare?»

VII

La mattina dopo Marò si armò di pazienza, indossò la maschera dell'indifferenza e passò alla Mobile per vedere che aria tirava: il posteggiatore era sotto torchio, erano certi che avrebbe confessato. Ignorò i sorrisini ironici e gli sguardi beffardi, si congratulò con i colleghi per la brillante operazione e tornò al commissariato. Sul tavolo le solite pratiche di nessuna importanza.

Chiese a Fedeli di farle avere tutte le informazioni possibili su Caterinedda Caronia, la ragazzina affidata ai Maddaloni. Bevvè il caffè, consultò l'oroscopo, poi cercò in rete Marie de Régnier.

Scelse tra i tanti link "letteratura erotica.com" e si mise a leggere:

Musa della Belle Époque, poetessa e narratrice francese, autrice di poesie e romanzi, fra i quali: L'incostante, Le temps d'aimer, Le séducteur, *pubblicati con il nome maschile Gérard d'Houville. Ebbe amori appassionati, un figlio dallo scrittore Pierre Louÿs e numerose avventure sentimentali. Gabriele d'Annunzio la chiamò*

"Notte" per i suoi occhi e capelli neri. "Ti bacio con tutte le mie labbra" scrisse lei in una lettera al poeta dell'Alcyone, che la colmava di piccoli pensieri: libri, lettere, fiori, scatole decorate...

Di nuovo le narici le si riempirono dell'odore di vizio che aveva respirato dentro all'accappatoio blu. All'improvviso si rese conto che tutto girava attorno a quella ragazzina dai capelli neri e che la vedova di sicuro nascondeva qualcosa.

«Permesso?»

«Entra, Fedeli.»

«Caterinedda Caronia, orfana di madre, figlia di Ignazio, ambulante, domiciliato allo Zen, via San Filippo 138, numerosi precedenti per rissa. Tre fratelli e due sorelle più piccoli, ospiti della casa famiglia Arco del Sole. Affidata alla famiglia Maddaloni. Nient'altro» disse Fedeli come se volesse scusarsi di non aver potuto fare di più.

«Prendi la macchina e accompagnami.»

Dal commissariato allo Zen impiegarono quasi un'ora, la strada non è solo lunga, ma trafficata e piena di intoppi. Ci volle un po' per orientarsi dentro al dedalo delle palazzine Gregotti.

L'auto fu avvistata subito dalle vedette del quartiere e scortata nel lungo giro da motorini che si alternavano come staffette, facendo segno a spacciatori e tossici di sparire. Si fermarono davanti al portone di un edificio di cemento grigio, dalla facciata scrostata. Le piogge di numerosi inverni si erano infiltrate sotto l'intonaco e nei giunti affioravano lunghe scie di ruggine. I ferri del cemento armato spuntavano dalla superficie dei pilastri. Le finestre erano coperte da file di panni stesi, ovunque serbatoi per l'acqua. Installati a casaccio, di varie dimensioni e forme, quei contenitori color indaco sembravano orribili pustole sulla faccia di un vecchio morente. Marò dovette faticare per leggere il numero civico scolorito dal tempo o forse cancellato di proposito. 138, era proprio quello.

L'androne era buio, la luce del sole non riusciva a illuminare le scale, che puzzavano di muffa e piscio. Il vociare delle famiglie era cessato del tutto e a Marò sembrò di entrare in un palazzo abbandonato, ma gli occhi degli abitanti se li sentiva tutti sulla schiena mentre saliva le scale.

«Dove sta Caronia?» urlò al vuoto.

«Terzo piano, manu manca» rispose una voce dal nulla. Ancora una rampa, poi a sinistra, la porta se la trovò davanti alla faccia. Di compensato sottile, avrebbe potuto aprirla con una manata, ma non lo fece. Bussò. Sembrava non ci fosse nessuno. Chiese informazioni ai vicini, anche lì un muro. Tornò in macchina e si diresse ad Aspra, dalla vedova.

Suonò al cancello, le aprì il cameriere tunisino: «La signora è uscita».

Frustrata, Marò pensò che era ora di parlare con il pubblico ministero. Risalì in macchina e chiese a Fedeli di portarla al palazzo di Giustizia.

VIII

Il magistrato la fece attendere a lungo, anche quello un esercizio di potere. Marò non aveva una strategia precisa, né si era preparata un discorso, ma sapeva che doveva affrontarlo con prudenza ed essere molto convincente. Che cosa poteva inventarsi per continuare con le indagini e scagionare il posteggiatore? Di sicuro la soffiata non poteva raccontarla, non voleva mettere di mezzo Sasà. Aspettò e, come accadde a Siddharta, la sua determinazione man mano che il tempo passava si faceva più forte.

L'ora di pranzo era passata da un pezzo quando la segretaria la fece accomodare. Il pm l'aspettava in piedi e la ossequiò con galanteria, un modo come un altro per relegarla in posizione subalterna. Quell'uomo non stava accogliendo nel suo ufficio il vicequestore Pajno, piuttosto stava rendendo omaggio all'affascinante femmina siciliana. Per Marò fu un bene non rendersene conto, la sua autostima e la sua decisione avrebbero potuto vacillare.

«Dottore, state prendendo un abbaglio.»

«In che senso, dottoressa?»

«Quel posteggiatore è innocente.»

«Davvero?»

«Sì, davvero, mi lasci ancora qualche giorno e vedrà che le porto l'assassino.»

«Un colpevole noi ce l'abbiamo, l'arma del delitto pure, tra poco troveremo il movente.» Con aria di sufficienza le fece cenno di andare, il colloquio per lui finiva lì.

Marò non accolse l'invito, rimase seduta e ignorò la mano tesa del pm.

«Ho avuto una soffiata, una fonte sicura. Sto controllando, mi dia due giorni di tempo prima di formalizzare l'accusa.» "Ecco, l'ho detto. Panzalenta che non sono altro."

«Dottoressa, per lei tempo non ce n'è più. Il caso è chiuso, dopo neanche venti giorni: un bel successo per le forze dell'ordine. E pensare che Lobianco credeva che lei ce l'avrebbe fatta in quindici giorni.»

«Che c'entra Lobianco?» chiese Marò, sentendosi presa dai turchi.

«Ma come, prima l'ha mandato qua a perorare la sua causa e ora fa finta di niente?»

«Lobianco mi aveva detto di sbrigarmi, però non aveva messo limiti di tempo. Senta, lei mi sta dicendo delle cose che io non capisco.»

«Comunque la scommessa l'ha persa. Comunque siamo tra gentiluomini» aggiunse il magistrato mellifluo, «nessuno gli chiederà di dimettersi. Arrivederci, dottoressa.»

Marò non capiva il senso di quelle parole, ma il tono era sicuramente malevolo e nascondeva un retropensiero a lei sconosciuto. «Insomma, dottore, lei parra moddu e 'mpiccica duro. Parli chiaro!»

«Be', dottoressa, non c'è niente di male nell'affetto che Lobianco ha per lei. Lei è una bella donna, lui è un uomo giovane, prestante...»

Marò avvampò. Il magistrato stava insinuando che lei era l'amante del questore.

«Senta, lasciamolo in pace dov'è, Lobianco...»

«E lei lasci in pace la Maddaloni. Ha già sofferto molto, e le sue domande insistenti riaprono ferite ancora sanguinanti. Infine, dottoressa, mi permetta anche un consiglio amichevole: lei non ha più alcun titolo per indagare, torni alla vita di prima. Le sto parlando come fossi suo padre, si compri una bella borsa e si consoli. La vita è lunga, ci saranno altre occasioni per dimostrare le sue qualità.»

Marò sentì nella gola il sapore salato delle lacrime, mentre i talloni le bruciavano per l'umiliazione.

Entrò in macchina, era confusa, si muoveva sull'onda dell'emozione: nulla di più pericoloso per un poliziotto. Guidò a casaccio, cercando di mettere ordine nei suoi pensieri, poi tornò allo Zen, via San Filippo 138. Quel pubblico ministero, degno rappresentante di un potere cieco e misogino, non l'avrebbe avuta vinta.

Aveva ragione Lobianco: muoversi nell'ambiente di professionisti cosiddetti perbene a Palermo può essere molto pericoloso. Ma per quale motivo il questore aveva parlato di lei con il magistrato? Perché si era esposto fino al punto di offrire le dimissioni nel caso lei non fosse riuscita a catturare l'assassino? Sfuggiva a Marò che nelle insinuazioni del pubblico ministero qualcosa di vero c'era: Lobianco per amore aveva cercato di renderle la vita più facile, fin dal suo trasferimento al commissariato Politeama, il più noioso, e il più sicuro, del Centrosud.

IX

E questa volta la porta si aprì. Il Caronia sembrava l'aspettasse. Indossava una canottiera sudicia e un paio di pantaloni sformati. Marò lo ebbe subito in antipatia, anzi provò un senso di repulsione. Sarà stato per via degli indumenti stazzonati o della luce malevola che brillava in fondo ai suoi occhi. La fece entrare in quell'unica stanza dove aveva vissuto insieme alla famiglia. Aveva movimenti lenti ma fluidi, lo stesso guizzo del ratto che scivola nei liquami di una fogna.

«Che è venuta a fare?» Nel tono brusco c'erano rabbia trattenuta e astio.

«Sono Maria Teresa...»

«Pajno, vicequestore aggiunto, commissariato Politeama, lo so chi è.» L'uomo si sedette, la canottiera salì e una pancia gonfia per anni di alcool uscì allo scoperto.

«Allora sa pure di cosa voglio parlare.»

«No, quello non lo so.»

«Avvocato Maddaloni...»

«Mischino, che malafine, però 'u pigghiastivu a quel gran figghiu di buttana.»

«Non le si può nascondere nulla.» Marò fece una smorfia, aveva la sensazione che la stesse prendendo in giro.

«Ammuccia ammuccia, ca tuttu pari! A Palermo siamo, no a Nova Iorca, e pure là...» L'uomo stringeva le dita attorno a un bicchiere. L'odore di birra rancida saturava l'aria rarefatta della stanza. «Quel povero Maddaloni, un benefattore.»

Ancora quella vena di sarcasmo. Marò lo seguì nel suo gioco.

«Certo, una persona così generosa è difficile trovarla in giro.»

«Vero è, commissaria. Ai miei figli non sa quanti regali ci portava, e anche il mangiare certe volte ci pagava, e se ne avevo bisogno mi prestava pure i soldi.»

«E com'è che vi aveva a tutti quanti nel cuore?»

«Perché era un bravo cristiano, e sennò perché? Me lo dicissi vossia!»

Parlava in malafede il Caronia, Marò lo sentiva. Bisognava assecondarlo, trovare il modo di renderlo più fiducioso.

«Come l'ha conosciuto lei l'avvocato?»

«Mi ha difeso in tribunale. Ero dentro per una rissa e lui, sa com'era, difendeva a patrocinio gratuito, sennò chi se lo poteva permettere un avvocato di quel calibro?»

«E lei gli è stato grato tanto da dargli sua figlia?» Marò era partita all'attacco, nonostante i buoni propositi. Lui non si scompose e prese a snocciolare le sue tragedie personali, rendendosi ancora più antipatico.

«Che vuole commissaria, io i miei figli non li posso mantenere. I servizi sociali me li hanno tolti e sono tutti in una casa famiglia. Caterinedda, grazie alla buonanima dell'avvocato Maddaloni, avrà una vita migliore.» Caronia si alzò, prese una bottiglia di vino e cominciò a bere: «Non gliene offro, so che in servizio non può».

Aveva un modo di fare irritante, Marò si impose di non cedere all'emotività e cercò di prenderlo con le buone.

«Deve aver avuto una vita difficile lei, perché non me la racconta? A volte parlare non risolve i problemi, ma aiuta a sentirsi meglio.»

L'alcol rese più socievole il Caronia: «Caterinedda aveva le calzine corte quando finii la prima volta in carcere e mia moglie era incinta dell'ultimo. Quando uscii non trovavo lavoro, non è facile per chi è stato in galera. L'avvocato ci prese in simpatia, o magari ci fici pena e cominciò a chiamarmi per darmi un poco di lavoro. "Portati la picciridda" mi diceva e ci faceva attruvari un regalino, 'na cosuzza duci. Poi mia moglie morì, Caterinedda cominciò a badare ai fratelli e io da lui ci andavo solo. Una sera si presentò qua con giocattoli per tutti e una vistinedda per lei... era fatto così, un cuore grande!».

«Sì, ma com'è che gli ha dato sua figlia?»

«Io non ho dato proprio niente. Quella sera che venne qua mi raccontò che sua moglie aveva una malattia e loro perciò figli non ne avevano, e che lei piangeva sempre, era nirbusa. 'U sapi, commissaria, come sono le fimmine che non hanno figliato, cavalle pazze! Se l'è presa, io non gliela volevo dare, ma chi ero io per dire di no al grande Maddaloni?» Questa volta la sua voce vibrò di dolore e di rabbia.

Marò s'insinuò in quello che credeva fosse un piccolo varco nell'anima di Caronia. «Non mi pare contento, eppure sua figlia è andata a stare meglio, l'hanno fatta anche studiare...»

«Veramente pure io nel mio piccolo la trattavo come una principessa. Ogni anno, estate e inverno, le compravo i vestiti che ci abbisognavano, di marca pure. Le sorelle si dovevano accontentare di quello che c'era a casa.» Nell'aria si levò un puzzo improvviso che allarmò Marò. Non l'odore di vizio che aveva respirato dall'avvocato, ma qualcosa di ripugnante e antico, melmoso e orrendo.

«Com'è sta differenza?» chiese sospettosa.

«Perché è la più grande, è evidente no?», e nei suoi occhi brillò di nuovo la luce maligna. "Ti ho fregato" sembrava volesse dire.

«Comunque io a Caterinedda ci volevo bene, non le facevo mancare niente: calze, scarpe, pure il profumo. Ma effettivamente in casa Maddaloni era tutta un'altra storia. Un giorno si apprisintò con la moglie, la conosce a quella gatta morta?»

«Non le piace la signora Maddaloni? Perché?»

«No, è che venne qui una mattina, entrò senza toccare niente, ci faceva schifo pure sedersi, tanto che è restata in piedi tutto il tempo. Ci preparai il caffè, niente, non volle accettare niente. Chi non accetta non merita, commissa'. La gatta morta cominciò a lastimiare, dice che era *triste*, si sentiva sola in quella villa grande. Eh, 'u Signuri duna viscotta a cu 'unn'avi denti! La picciridda andava a stare meglio, ce la dovevo dare... io calavo la testa e poi la buttavo all'indietro, 'nzù, 'nzù, non la volevo lasciare. Quella figlia sapi fare tutte cose: cuoce, lava, stira...»

«'Na cammarera!»

«Commissa', mi volete offendere! La picciridda aveva

preso il posto di mia moglie.» Di nuovo si materializzò nella stanza un tanfo di zolfo, come se il diavolo si fosse insediato in quell'abitazione e si divertisse ogni tanto a dare cenni della sua presenza.

«Parlavano a turno, prima il marito e poi la moglie: "Magari solo al sabato e alla domenica". Insistevano tanto che alla fine ci dissi di sì. Restammo d'accordo che tutta la settimana stava con me, il sabato e la domenica da loro.»

«Caronia, lo dice come se Caterinedda gliel'avessero rubata.»

«Commissaria, che fa finta di non capire? Sono solo come un cane. Mia moglie è morta, i figli miei ce l'hanno i servizi sociali, e Caterinedda, mischina, in casa di estranei. Non ho né femmina né cuccioli.»

«Non me l'aspettavo di trovare un sentimentalone come lei, Caronia» disse Marò con una vena di sarcasmo. «Caterinedda le manca?»

«Ci sono delle volte che il suo profumo io lo sento nel cuore, e allora in quei momenti mi spuntano le lacrime. Certo, per lei io sono solo un panzone ubriaco. Lo vede come sono grosso? E pure non ero così brutto, ma poi le cose della vita, sono diventato 'na schifia d'uomo. Pure mia moglie mi taliava schifiata, Caterinedda no, mi squagghiava con gli occhi, mi parìa ca dicìa "papà, io ti voglio bene, per me sei come un principe azzurro, come Orlando, come Lancillotto, come un paladino di Francia". Perciò io a Caterinedda non gliela volevo dare, ma erano venuti a pregarmi tutti, e io che potevo fare?»

«Potevate, anzi *dovevate,* smettere di bere, trovare un lavoro fisso, magari una femmina che vi aiutava...» Marò era tornata a fare la maestrina, il Caronia si irrigidì e chiuse in fretta il discorso: «Dovevo, ma non potevo. Poi ci fu un altro processo, Maddaloni mi fece assolvere, e io per ricambiare gli diedi la picciridda».

Più guardava quella palla di lardo, più Marò sentiva che il suo racconto, sebbene plausibile, non era sincero. Aveva un peso sul cuore e un groviglio nella pancia. Forse era meglio andare via, cominciava a non essere più padrona delle sue emozioni. Salutò in fretta e cominciò a scendere le scale.

X

Al piano di sotto, una donna minuta schiacciata tra lo stipite e la porta le fece cenno di volerle parlare. Marò ci pensò su prima di avvicinarsi, lo Zen è quartiere interdetto ai forestieri.

«Commissaria, non si scantasse, vinissi cca.»

Riconosciuta nel suo ruolo istituzionale, si sentì più sicura e si avvicinò. Dall'interno proveniva un vocio di bambini, risate allegre, rumori di corse giocose. Anche lì la vita aveva i suoi momenti di normalità. Marò sorrise, quei segni di infanzia innocente la resero meno guardinga.

«Quassopra di mogli ce ne sono state due» mormorò la donna, «a Caronia lo sa come lo chiamano? 'U Sultanu» sibilò.

Marò rimase interdetta, forse non aveva capito bene. L'informatrice misteriosa allargò un po' lo spiraglio e aggiunse: «Io ho quattro figli, 'nzamaddio dovesse succedergli qualcosa». Poi le chiuse la porta in faccia, ma con delicatezza.

Quando il senso profondo di quelle parole arrivò al suo cuore, Marò si sentì male. Ebbe voglia di vomitare, il suo corpo assorbiva quell'orribile pensiero come fosse un veleno. Reagiva così, cercando di eliminarlo. Respirò profondamente, i conati si trasformarono in nausea, risalì per le scale ed entrò in quell'antro fetido senza bussare.

«Che è commissaria, s'è scordata qualcosa?» Caronia era ancora seduto al tavolo e stringeva il suo vino tra le mani.

«Vorrei parlare ancora un poco con te», era passata dal lei al tu senza rendersene conto. Lui invece se n'era accorto e quel cambiamento di registro lo mise in allarme. Distolse lo sguardo, calò la testa e la invitò a sedersi.

«L'hai ammazzato tu, vero?»

«Che fa, babbia, commissaria? Io lo so che le faccio antipatia, per non dire altro, ma da qua a farmi passare per un assassino...»

Marò represse il disgusto per quell'uomo-ratto. Doveva trovare il modo di farlo confessare. «Se la spassava con tua figlia e tu l'hai punito. Non lo volevi ammazzare, ti scappò la mano.»

Caronia questa volta alzò lo sguardo. Le piantò sul viso i suoi occhi cattivi e mosse le narici come fosse di fronte al formaggio.

«Il colpevole è all'Ucciardone, commissaria.»

Si versò del vino, c'era in lui qualcosa di orribile e tragico al tempo stesso.

«Guarda che io ti capisco. Quel porco!»

La voce di Marò vibrò di uno sdegno che lo fece sentire compreso e aprì un varco nelle sue difese. La commissaria dunque la pensava come lui. Provato dalla solitudine, il Caronia sentì il bisogno di appoggiarsi a qualcuno. Anche le blatte che brulicano nei sotterranei probabilmente hanno bisogno di affetto.

«Commissaria, facciamo un patto: io le racconto ogni cosa, ma lei poi mi lascia perdere e fa conto che non sono mai esistito.» La guardò speranzoso, gli occhi erano due buchi nei quali si poteva leggere l'angoscia del peccato originale.

«L'assassino l'hanno preso, no? Puoi confessare.»

Caronia le tendeva la mano per suggellare il patto. Marò si costrinse a un contatto che le ripugnava.

«Maddaloni era un gran cornuto, anche se tutti lo consideravano un santo.»

«Gli piacevano le ragazzine, vero?»

«Sì, e io gliele dovevo procurare, altrimenti minacciava di lasciarmi in galera. Qua non è difficile trovare carne fresca e a buon mercato. Ma poi a Maddaloni ci pigghiò il ticchio per la picciridda. Mi ha offerto soldi, lavoro, pure la macchina nuova mi voleva comprare, con tanto di patente perché io manco quella ho. L'unica cosa che mi rimaneva era Caterinedda. E quella carogna se l'ha presa coi suoi soldi. Io l'amavo a quella figghia mia, me l'ero cresciuta e sapesse com'era dolce con me. Quando lui prese l'abitudine di portarle dei regali lei si allontanò da me e cominciò a guardarmi con la faccia schifiata, proprio come sua madre. Ero di nuovo la fitinzia della terra, ma facevo finta di non capire. "Mi vuole bene" mi dicevo per convincermi, "è un momento, poi ci passa, in fondo sono suo padre." Ma quando se ne andò a stare a casa dell'avvocato, cominciò a studiare e si riempì la testa di tutte quelle fissarie che le cuntavano, non mi ha voluto più vedere. E a me mi acchianò il sangue in testa. Io non lo volevo ammazzare, lo volevo solo fare scantare, perciò quel giorno l'ho aspettato davanti al tribunale, per suonargliele come Dio comanda, ma l'avevo lasciato vivo. Me ne stavo tornando, quando lui mi chiamò. Non lo so cosa disse, ma aveva negli occhi la stessa espressione schifiata di Caterinedda quando le facevo una carezza. Non ci ho visto più, 'u Signuri mi avi a perdunari, e gli ho dato una botta sulla testa. Ma non sono pentito, la picciridda è cosa mia e nessun altro le deve mettere le mani di sopra.»

«Ma tu che ci facevi a Caterinedda?» chiese Marò. E mentre aspettava sperò con tutta se stessa di essersi sbagliata, e pregava la Madonna, santa Rosalia, e tutte le sante femmine che conosceva perché le facessero la grazia di una negazione.

«Commissaria, io l'amavo, e lei mi ricambiava. Ero stato io a farla diventare una donna e nessun altro al mondo, né Maddaloni, né principi, né re dovevano toccarla!»

Eccolo Lucifero.

«Caronia, lei ha ucciso per gelosia?»

«No, commissaria. Io ho ucciso per amore.»

La storia era persino peggio di quello che lei aveva immaginato: c'era una bambina violata, c'era un mostro, anzi ce n'erano due – il padre e il benefattore –, e insieme l'avevano fatta a pezzetti, uno per amore e l'altro pure. Forse, se l'avessero odiata, Caterinedda avrebbe avuto un destino migliore.

«Potrei arrestarti...»

«Nessuno le crederebbe, Maddaloni era per tutti un santo!»

Caronia aveva ragione, le venne in mente il pubblico ministero e si sentì alle corde: l'assassino libero, lo stupratore beatificato, un innocente in galera.

Marò uscì sul pianerottolo e questa volta vomitò davvero.

XI

Marò si mise in macchina con lo stomaco e il cuore in subbuglio. Imboccò la strada per l'Aspra e suonò al cancello di villa Maddaloni.

«La signora è fuori.»

«Aspetterò» disse al cameriere e si sedette in macchina. Passarono forse due o tre ore prima che la vedova in persona venisse ad accoglierla al cancello.

«Si accomodi» le disse seccata, il volto era teso e lo sguardo torvo. Niente caffè questa volta.

«Commissaria, non ho molto tempo.»

«Signora, lei sapeva tutto, vero?»

La vedova non rispose, guardò lontano e si passò la mano sulla fronte, per qualche secondo nei suoi occhi si alternarono l'espressione da gatta selvatica e la dolcezza della bambina cretina, come se le sue due anime avessero deciso di sfidarsi in un duello all'ultimo sangue. Marò assisteva a quella furiosa battaglia, attendeva in silenzio che ne uscisse un vincitore, poi la signora cominciò a parlare con voce infantile: «A Caterinedda io voglio bene come una figlia, ora che siamo rimaste sole potrò occuparmene io, e sono capace di farlo, le darò l'amore che solo una madre sa dare».

Marò non ebbe più dubbi, la vedova sapeva tutto. Aveva chiuso gli occhi pur di avere un surrogato di maternità, o forse aveva sopportato perché non era in grado di opporsi al marito.

«Lei non sa di cosa era capace mio marito, nessuno se la fidava a dirgli di no.» Quello scivolone sul dialetto stupì Marò. «Non imponeva niente a nessuno, lui, ma era un uomo carismatico, magnetico, capace di sedurre e convincere. Al ristorante, per esempio, lui sapeva esattamente cosa io volessi mangiare e se per caso perdevo tempo a ordinare, ci pensava lui. E la sa una cosa, commissaria? Ordinava sempre quello che io volevo. Ma come faceva a indovinare se non lo sapevo nemmeno io? La verità è che lui conosceva meglio e più di me quello che io stessa desideravo dalla vita. Perciò mi portò Caterinedda, perché capiva che avevo bisogno di una figlia da crescere.»

Si strinse la testa tra le mani, serrò la bocca, chiuse gli occhi e quando li riaprì aveva cambiato espressione, un lampo di cattiveria era passato negli occhi, l'ombra aveva preso il sopravvento. «Giuda prese per Er, suo primogenito, una moglie di nome Tamar. Ma Er, primogenito di Giuda, era malvagio agli occhi dell'Eterno, e l'Eterno lo fece morire. Allora Giuda disse a Onan: "Va' dalla moglie di tuo fratello, sposala e suscita una discendenza a tuo fratello. Ma Onan, sapendo che quella discendenza non sarebbe stata sua, quando si univa alla moglie di suo fratello disperdeva il suo seme per terra, per non dare discendenza al fratello. Ciò che egli faceva dispiacque agli occhi dell'Eterno, che fece morire anche lui".»

La Maddaloni tacque. Era diventata di nuovo piccola e aveva un aspetto fragile, tenero, indifeso.

A Marò sembrò di affogare, una nuvola di odore dolciastro l'avvolse come un sudario, si sentì mancare. Annaspava in quell'atmosfera torbida, era sopraffatta dall'impotenza. Aveva messo le mani in un nido di vespe e se non voleva essere punta doveva rimanere immobile. Denunciare tutto alla procura sarebbe stato inutile, non aveva prove e non sarebbe stata creduta.

«Lei sapeva che suo marito aveva una relazione sessuale con Caterinedda?» chiese Marò e sperò che almeno lei negasse, che reagisse scandalizzata a una richiesta così violenta e mortificante. Nello stesso momento la ragazza si materializzò con le tazze del caffè.

La vedova le offrì i grani d'anice, ignorò la sua domanda, insistette perché gustasse lentamente il caffè: «È un po' pallida, commissaria, vedrà che dopo starà meglio».

E quando Marò ebbe posato la tazza sul vassoio dal candido centrino ricamato aggiunse con un sorriso: «Commissaria, la prego di non costringermi più a telefonare ai miei amici, non si disturba per certe cose il capo della polizia e poi, mi creda, non ci fa una bella figura con i suoi superiori. Lei è una donna intelligente, dia prova del suo intuito e dimentichi l'avvocato Maddaloni e la sua famiglia, siamo persone perbene. E poi, detto tra noi» e la signora aveva assunto un'aria furbetta, «non mi piace passare per quella che non sono, una volgarissima rompipalle».

Le porse la mano. «L'accompagno.»

«Conosco la strada, non si disturbi.»

Marò si avviò verso quel cancello che non avrebbe più

varcato, respirò il profumo di glicine, si girò a guardare la villa e si augurò che la Maddaloni, libera dalla soggezione al marito, potesse essere una madre affettuosa, capace di educare la figlia a ben altri valori.

Caterinedda sul cancello chiacchierava con il garzone del fornaio. Sorrideva, nascondendo di tanto in tanto la bocca dietro alla mano. Lo guardava dritto negli occhi, proprio come fanno i ragazzi a quell'età, tenendosi a debita distanza e tuttavia atteggiando il corpo all'accoglienza fiduciosa. Marò stentò a riconoscere in quella ragazza innamorata l'autrice del biglietto malizioso e volle sperare che l'onda tumultuosa dell'adolescenza potesse rigenerare l'anima e il corpo di Caterinedda, consentendole di diventare una donna libera e consapevole. "*Vis sanatrix naturae*" pensò, almeno in parte rincuorata.

XII

Sulla strada del ritorno Marò guidava con difficoltà. Crollata la tensione dei giorni precedenti, le lacrime continuavano a scendere copiose e le impedivano di vedere la strada. Si affidò al suo intuito e all'abitudine, per fortuna conosceva bene il tragitto. Non capiva cosa la facesse stare peggio, l'orrore di quei racconti o la sensazione di impotenza, la giustizia ingiusta o l'amore tossico.

A casa prese due aspirine e si mise a letto.

Sotto alle coperte si sentì al sicuro e volle fare i conti con se stessa.

Quel giorno non era stata sconfitta solo Marò Pajno, ma tutti gli ideali nei quali aveva creduto e per i quali aveva tralasciato la vita privata, trascurato gli affetti, ritardato il progetto di maternità.

Il cellulare cominciò a vibrare, aveva dimenticato di spegnerlo.

«Che c'è, Sasà?»

«Dove sei?»

«Sasà, non è un buon momento...»

«Marò, chi se ne frega! Alza il culo e vieni a casa di Lobianco, sta morendo o forse è già morto, sbrigati.»

Si infilò il primo vestito che trovò sulla sedia e corse con la macchina come se volesse ammazzarsi, adesso aveva un altro buon motivo per piangere.

Lobianco se ne andò in quella caldissima sera d'estate, alla fine di una giornata segnata da sconfitte e delusioni.

XIII

Morire a Palermo è doloroso, come si fa a dire addio alla bellezza? La città quella sera aveva indossato i colori più luminosi e odorava di fragranze orientali. Non si trattava di un atto di omaggio al questore, piuttosto dell'ultima cattiveria di una madre efferata verso un figlio che se ne andava. Dopo che lo aveva avvilito con le sue nefandezze per tutta la vita, ecco che nel giorno del commiato gli dava il meglio di sé, cosicché atroce sarebbe stato staccarsi dalle sue braccia.

Il profumo dei gelsomini saturava la navata della cattedrale. Marò e Sasà avevano assistito alla cerimonia tenendosi per mano, cercando l'uno nell'altra la forza e l'energia per continuare a respirare. Il questore li aveva guidati come un padre severo ma tenero, e loro si sentirono orfani. Dopo il funerale, le dita intrecciate strette, gli occhi smarriti, i cuori spezzati, passeggiarono a lungo, per ritrovarsi infine su quella stessa panchina del Foro Italico in faccia al mare. L'aria era mite e la luce tenue del tramonto li accarezzava, cercavano quiete, pace, almeno per un po'.

Una nave si allontanava lentamente dal porto, ne seguirono la traiettoria, il suono delle sirene riempì l'aria di note vibranti, sembrava un canto malinconico. Poi l'orizzonte si tinse di rosa e, prima che l'azzurro virasse al blu, Marò sentì dentro di sé un languore profondo, un'ansia di vita che muoveva le sue viscere, e una fame rabbiosa dentro alla pancia.

Appoggiò la testa contro la spalla di Sasà, incidentalmente il seno premette contro al braccio di lui, che ne fu turbato e non si mosse.

Era uscito dalla cattedrale con addosso una gran voglia di far l'amore che lo faceva sentire in colpa. Non sapeva, Sasà, quanto la morte risvegli nei superstiti il desiderio di carne.

Tirò su con il naso e si asciugò le lacrime, la sua rinite tornava a farsi viva. Erano vicini come due naufraghi l'uno avvinghiato all'altra, passava tra loro una corrente di complicità, attrazione, solidarietà: una mistura esplosiva che in una coppia normale sarebbe sfociata in amore. Ma loro non erano una coppia normale. Stretto così, Sasà si sentiva a disagio, forse quel silenzio era durato troppo.

«Mi hanno tolto l'incarico» disse.

L'energia commossa che li aveva trapassati da parte a parte si era improvvisamente dissolta, le parole ora sembravano comunicazioni di servizio.

«Senti Sasà, dobbiamo parlare. Andiamocene verso casa, ti preparo qualcosa da mangiare e tu mi racconti.»

Lasciarono la panchina mentre il buio della sera tingeva il mare e il cielo di un'unica tonalità.

XIV

«Insomma, si può sapere che fu?» lo aggredì Marò.

«Te l'ho detto, mi hanno tolto l'incarico... e poi mi hanno trasferito» rispose Sasà con tono insolitamente mogio.

«Sì, ma perché?»

«Per incompatibilità ambientale.»

«In pratica?»

«In pratica al cimitero hanno trovato una croce con il mio nome, poi è arrivata una busta con un proiettile dentro.»

«La verità è che ti sei fatto nuocere. Ti è piaciuto sequestrare motorini, macchine e motozappe? Ti sei divertito a sospendere comizi di destra e di sinistra indistintamente? Hai ritenuto intelligente e opportuno andare a rompere i coglioni al gestore della sala giochi? Pure la timpulata alla nipote del prefetto hai dato!»

«Senti chi parla!» scattò Sasà, gli occhi torbidi e una ruga ferina al centro della fronte.

«Che vuoi dire?» chiese lei indispettita.

«Niente, niente.»

«Si c'è cosa, parra!»

Marò aveva un'espressione volgare, come una di quelle femmine di mafia colte in flagranza di reato che arrotano le unghie e soffiano dal naso.

«Con quello che hai combinato, ti metti a darmi lezioni.»

«Guarda che io non ho fatto proprio niente.»

«Un innocente in galera, un violentatore fuori, e tu lo chiami niente? Marò, ma che minchia dici?»

«Ma che potevo fare? Senza Lobianco, il magistrato che non mi dà retta, la vedova che minaccia...»

«E chi sei, la principessa sul pisello, che ti ritiri offesa nella torre?»

«Sasà, meglio che vado a cucinare, la verità non sempre si può dire...»

«La verità è per noi un dovere, Marò, e quando non si riesce a fare giustizia, bisogna almeno provare a fare pulizia. Ti pare che mi piace fare multe ai motorini? Ma appena chiudi un occhio poi finisci per chiuderli tutti e due. Io sequestro le motozappe, ma tu lasci un porco in libertà.»

«Sei ingiusto con me, io non potevo lottare contro tutti», Marò se ne andò in cucina, stava per piangere e non voleva che Sasà se ne accorgesse. Lui le corse dietro e cominciò a strattonarla per un braccio, urlando: «Sei una cretina Marò, tu avevi il dovere di lottare».

«Sì, come Don Chisciotte o come te, scimunito!»

«Aveva ragione Lobianco» disse lui abbassando la voce, ma non per non farsi sentire, semmai per conquistare tutta l'attenzione. «Non sei portata per questo mestiere.»

Marò trasalì: «Ah sì? E che dovrei fare secondo te e Lobianco, pace all'anima sua?».

Sasà si mise le mani ai fianchi, annacò il bacino e con la voce in falsetto: «Be', sei graziosa, hai fisico, dovevi andare al ministero e fare carriera...».

«Invece tu, con quel carattere di merda che hai, ti ritroverai a controllare permessi di soggiorno alle serve dei palermitani cosiddetti perbene!»

«Vero è. Ma non è per il mio carattere, né per la timpulata. È che la nipote del prefetto, quella della discoteca, doveva acchiapparlo lei Incognito, così le daranno subito una bella promozione, vedrai che sarà lei il nuovo questore di Palermo. I pesci del mare sono destinati a chi se li deve mangiare.»

«Minchiate Sasà, ti sei fatto nuocere.»

«E tu invece ti sei arresa, vigliacca!»

Marò non ci vide più, prese il piatto con le olive e glielo lanciò contro. Immediata la reazione di Sasà, che le diede uno schiaffo violento. La guancia bruciò insieme all'anima. Il suo orgoglio ferito gridava vendetta, Marò alzò il braccio pronta a colpirlo, ma lui fu veloce e la bloccò mentre le sue dita stavano per sfiorargli le labbra. Sasà le aveva afferrato il polso e lo stringeva forte. Fu in quel momento che alla radio passò la notizia dell'arresto del boss: "Brillante operazione della Catturandi di Palermo, che, guidata dalla dottoressa Maria Cancellieri, ha arrestato nella campagna di Tummina Pinuzzo Incognito, capo della famiglia dei tumminesi, latitante da vent'anni. Al momento non si conoscono i particolari dell'operazione...".

«Che ti avevo detto?» Sasà allentò la presa sul braccio di Marò, pareva volesse lasciarla andare. Ma cambiò idea, avvicinò la mano di lei alla bocca e prese a succhiarle le dita con voracità. Sembrava un bambino che cerca consolazione nel ciuccio. Durò poco quella suzione innocente, perché, a contatto con la pelle profumata di Marò, Sasà si eccitò terribilmente.

Le lacrime presero a scorrere dai suoi occhi chiusi per pudicizia, l'avvinghiò e cominciò a stringerla con determinazione, dando libero sfogo a un desiderio da troppo tempo represso. Marò non ebbe il tempo di pensare, il suo corpo reagì prima di lei e aderì per intero a quello di Sasà.

Era caldo, forte, intrecciato col ferro filato. Caddero sul divano. Furono morsi, pizzichi, baci, lui le strappò il vestito, la girò e fu dentro di lei. Marò, come una leonessa in calore, allungò il collo, si offrì alle sue carezze rapaci e, godendo di quel contatto violento, si arrese.

Brioche

Ingredienti

Farina bianca
Lievito di birra
Zucchero semolato
Latte intero
Uova intere
Burro
Miele
Marsala
Sale
Un tuorlo e latte intero per spennellare

Procedimento

Mescolare farina, lievito e zucchero. Aggiungere il latte. Unire lentamente le uova e lavorare fin quando l'impasto sarà liscio e omogeneo. Aggiungere il burro morbido e poi il miele, il Marsala e il sale. Lavorare ancora per qualche minuto, formare una palla e mettere a lievitare per un'ora.

Ricavare dalla pasta palline grandi quanto una piccola arancia e altrettante di diametro inferiore (serviranno per il tuppo). Con il pollice creare nelle palline più grandi una depressione al centro, in modo da adagiarvi quelle più piccole. Ricoprire con pellicola da cucina e far lievitare per circa due ore (il volume deve raddoppiare). Spennellare la superficie delle brioche con il tuorlo sbattuto e il latte, infilare in forno preriscaldato a 200° per dieci-quindici minuti. Non appena le brioche saranno colorite, spegnere e completare la doratura in forno.

La difficoltà di questa ricetta è tutta nel processo di lievitazione: sia per quanto riguarda il tempo, doppio e lungo, sia per la temperatura, che deve essere tiepida d'inverno e fresca d'estate.

XV

La notte li trovò addormentati sul divano, nudi ed esausti. Un velo di umidità li aveva avvolti, Marò si svegliò a causa del freddo. Si mosse cauta, scivolò di lato e rientrò in casa in punta di piedi per non svegliare Sasà. Le braccia le dolevano, quell'amore violento l'aveva tramortita.

Si guardò allo specchio: sembrava una mappina usata. Nei suoi occhi passò una luce di delusione, eppure aveva goduto più volte nel corso della notte e ora il suo corpo soddisfatto emanava una mollezza che la rendeva ancora più sensuale. Indossò una sottoveste e si pettinò i capelli arruffati, che il suo focoso amante le aveva più volte tirato e attorcigliato. Era scarica. Sentimenti contraddittori di appagamento e insoddisfazione la tenevano sulle spine. Aveva desiderato qualcosa di più di una scopata violenta, che però le era piaciuta, non poteva negare l'evidenza. Il suo cuore da parecchi mesi era assetato d'amore. Era di tenerezza, di dolcezza che aveva bisogno.

Si truccò e adornò il lungo collo con la sua magnifica collana di corallo rosso: un talismano, aveva detto la commessa. I timidi melogranini aprirono il suo cuore alla speranza. Passò il dito su ognuno di loro e si rincuorò. "La passione c'è" si disse, "vediamo se può diventare amore."

Tornò in cucina, guardò le pentole vuote, i piatti puliti, il tavolo sgombro da stoviglie, inalò l'aria priva di profumi. Tutto quell'ordine non le piaceva. Adorava l'unto sui fornelli, l'odore di fritto nella cappa, i residui di cibo nel lavandino, i piatti sporchi poggiati a casaccio sui ripiani, le macchie di sugo sulla tovaglia. La colse uno dei soliti attacchi che la spingevano a cucinare furiosamente e disordinatamente, per poi congelare e riporre nel frigo in attesa di un commensale adeguato. Sasà dormiva ancora, tra poco sarebbe stato giorno, fantasticò di una colazione consumata insieme sul suo letto, e poi chissà... la speranza diventò risoluzione: Sasà le piaceva, lui la amava – lo sapeva fin dai tempi dell'Aspromonte... gli ingredienti c'erano tutti, si trattava di mescolarli con sapienza.

Mise insieme latte, farina, lievito. Imburrò teglie, impastò tenere brioche, addensò profumate gelatine, sminuzzò cannella e foglie di menta, grattuggiò bucce di limone. Fece tutto con impegno e dedizione, mai si era sentita così felice.

Sasà la trovò rossa e sudata, le mani appiccicose, la farina sulla camicia e sui capelli. "Com'è sexy" pensò senza osare guardarla negli occhi. Non capiva perché ma si sentiva colpevole.

«Scusa» le disse con voce intrisa di dolcezza. Lei gli prese il viso tra le mani, lo costrinse a guardarla, passava nei suoi occhi celesti un tumultuoso fiume d'amore. Marò ne ebbe una gioia così forte che sentì male.

«Di cosa?», e lo baciò con tenerezza. Gli occhi di lui cominciarono a lacrimare, l'eccitazione saliva, la attirò a sé, e Marò sentì ancora un fiotto caldo tra le gambe. Ma non avrebbe potuto sostenere un altro match di pugilato, l'amore non è un combattimento con un vincitore e un vinto. "Ora o mai più" si disse Marò accarezzando i melograni della collana.

«Sasà, ti invito a colazione» disse con il più accattivante dei sorrisi.

E come in un rituale vecchio, a loro familiare, lui domandò: «E che ti porto?».

«Fiori, come si addice a una signora! Basta panza e prisenza.»

Negli occhi di lui passò uno sguardo interrogativo.

«È solo un modo di dire. Vieni che te lo spiego» aggiunse Marò con dolcezza, poggiò le labbra su quelle di lui, premette con delicatezza, poi, piano, come se lui fosse un irresistibile trionfo di gola, lo assaporò. Lui provò a morderla, lei non glielo permise. Lo fermò con determinazione e gli passò la lingua sui denti. Gli si appoggiò addosso con tutto il suo peso, adattandosi alle conche e alle asperità, colmando i vuoti, insinuandosi tra gli spigoli.

Lui le afferrò i seni come un predatore, la sollevò, l'appoggiò contro al muro e fu subito dentro di lei. Di nuovo quel bisogno urgente da soddisfare.

«No!» Marò si staccò da lui. «Basta prendere, afferrare, divorare.» Sasà si girò di spalle, offeso. L'eccitazione era svanita di colpo, si sentì sconfitto. Prima Cosuccia, ora Marò: pareva si fossero messe d'accordo per farlo sentire mezzo uomo.

Lei lo abbracciò forte, lo accarezzò dappertutto, spalmò le sue minne morbide sul suo petto, mormorò parole dolci e, quando fu pronto, lo lasciò scivolare dentro di lei senza alcun attrito.

«E adesso prova a dare invece che a prendere» suggerì con un sospiro. Il suo sguardo languido era inequivocabile, e finalmente Sasà comprese. Attinse allora alle profondità del suo cuore, lasciò che l'amore che da tempo covava affiorasse e, anziché prendere, provò a regalare del piacere, scoprendo che il godimento intenso e costante di lei lo rendeva felice e lo saziava.

Passò le mani con delicatezza sulla sua pelle liscia che scorreva come sabbia fine tra le dita, poi la sua bocca scese lungo il collo, si riempì di quel profumo di basilico che lo tormentava da mesi, la lingua passò nel solco tra seni e pancia dove da tempo desiderava affogare, si spinse fino al ventre, scoprendone il sapore salino di uova di riccio. Il desiderio cambiò, da fame vorace si affinò in sfizio.

Infine Sasà la spinse sul tavolo della cucina, tra piatti sporchi e teglie ancora calde. A contatto con il marmo freddo Marò rabbrividì. La sua pelle diventò più ruvida, i capezzoli svettarono. Sasà la coprì con il suo corpo, le tirò su le gambe con decisione e senza prepotenza fu dentro di lei. Era tiepida, morbida, rassicurante, disponibile.

Sasà esitava: «Ho voglia di perdermi» confessò con timore.

«Non preoccuparti» gli sussurrò Marò all'orecchio, «qui non corri alcun pericolo», e si preparò a perdersi anche lei. I loro respiri prima si inseguirono e poi si mischiarono.

Gelo di cannella

Ingredienti

Cannella in stecche
Granella di pistacchi
Amido
Zucchero
Acqua

Procedimento

Lasciar macerare per una notte intera le stecche di cannella in acqua, in modo che rilascino tutto il loro aroma. Il giorno dopo farle bollire nella stessa acqua e lasciar riposare per tutta la giornata, quindi filtrare.

In un pentolino unire l'amido, lo zucchero e l'acqua filtrata, fare addensare a fuoco dolce. Quando si otterrà una consistenza vischiosa, versare il gelo nelle ciotoline e lasciare a raffreddare.

Servire spolverizzando la superficie con granella di pistacchi.

Per chi va di corsa esistono le essenze di cannella, ma l'effetto non è lo stesso. La verità è che in cucina, come in amore, non si corre.

XVI

Si sedettero a fare colazione al sole. La scoperta dell'amore aveva reso Sasà languido e Marò più sicura. Lui la guardava ed era già preoccupato di perderla, lei lo accarezzava ed era già certa di possederlo. Avevano saltato la cena e ora nella loro pancia la fame vibrava con un brontolio sommesso. Affondarono mani e denti in brioche dorate, cannoli cremosi, gelatine morbide e profumate. Lui mangiava a piccoli morsi e con lentezza, lei riempiendosi la bocca con voracità. Era bastata una sola notte a fare di loro due persone diverse.

Tra un caffè e una torta al cioccolato, arrivò col giornale del mattino la notizia. "Scarcerato il presunto assassino dell'avvocato Maddaloni, il suo alibi è stato confermato dalle telecamere del centro commerciale Il barracuda."

«'Mbriachi e picciriddi Dio l'aiuta! Ora possiamo mangiare tranquilli» commentò Marò.

«Un assassino impunito e tu ti senti a posto?»

Sasà aveva di nuovo la faccia dura del giustiziere.

«E perché no? Maddaloni ha pagato per la sua nefandezza, Caronia sconta con la solitudine l'amore morboso per la figlia... e adesso non ci sono manco più innocenti in galera. I conti tornano.»

Sasà la guardò stupefatto. A lui i conti non tornavano per niente. La cialtroneria con cui Marò considerava la legge lo fece irrigidire. Lei gli andò vicino e lo abbracciò stretto, sembrava una bambina. Lui si scansò. Marò rimase sorpresa: di nuovo le sfuggiva. Del resto per addomesticare il lupo ci vuole ben altro che quattro moine e un piatto di dolci.

«Abbiamo un delitto senza colpevole, Marò, uno stupratore a piede libero... e tu sei un'investigatrice connivente!» Gli occhi di Sasà erano quelli del giudice: duri e freddi. Nessuna traccia del sentimento che le aveva fatto cantar vittoria. "Questa volta non ti lascio scappare" pensò la commissaria, "a costo di passare per cretina." Iniziò allora a parlare con voce morbida, scegliendo le parole una per una, non voleva irritarlo.

«Se avessi raccontato la verità non mi avrebbero creduto: Maddaloni era un intoccabile. Nessuna delle sue ragazzine ne sentirà la mancanza, persino la moglie ha tirato un sospiro di sollievo. Ci ha pensato Caronia a fare pulizia al posto nostro. L'hai sempre sostenuto, tu, che noi giustizia non possiamo farla, al massimo un po' di ordine.»

Sasà la interruppe seccato, stava manipolando le sue parole.

«Siamo noi gli addetti alla pulizia, è la società che ci incarica di farlo, nel rispetto delle leggi.»

«Sasà, non stiamo parlando delle tavole di Mosè: i nostri ordinamenti sono approssimativi, fallaci... devi fartene una ragione.»

A dispetto di quanto si potrebbe credere, il loro conflitto

non riguardava l'etica, né il metodo, ma era espressione della differenza tra uomo e donna: Marò, pragmatica, cercava di trarre il meglio dalle difficoltà della vita, modificando il proprio agire sulla base delle circostanze. Sasà, inflessibile, pretendeva di cambiare il corso delle cose in relazione ai propri convincimenti, deciso a lasciare un segno inconfondibile del proprio passaggio nel mondo, e non solo *l'impronta sul sofà del circolo degli aristocratici.*

Marò lo guardò con dolcezza, gli occhi ridevano, era sempre più determinata a non lasciarselo scappare.

"Le cose cambiano, e anche le persone" pensò lei con presunzione, e provò a baciarlo. A Sasà piaceva la bellezza di Marò, era così carnale, piena di vita... si fece pregare, ma poi ricambiò il bacio.

"Ti cambierò. Se vuoi stare con me, dovrai iniziare a ragionare" pensò lui per tutta la durata di quell'abbraccio.

Modificare l'altro: ogni donna o uomo innamorato ha provato a farlo, con scarsi risultati. Dopo le delusioni del lavoro, ecco che arrivavano, per Sasà e Marò, le illusioni dell'amore.

Glossario

Cutre	Coperte	p. 9
Fatti 'a fama e va' curcati	Fatti una buona reputazione e poi dormi sonni tranquilli	p. 10
'Nsiddato	Stretto, aderente	p. 11
Mi spercia	Mi interessa	p. 11
Abbanniate	Urla	p. 12
Appattava	Corrispondeva	p. 12
Struppiatu	Storpio	p. 14
Strummula	Trottola	p. 14

Conzato nel tabuto	Composto nella bara	p. 17
Scalò 'a tunnina!	Il prezzo del tonno è sceso! Tipico grido dei pescivendoli per invogliare ad acquistare il tonno	p. 18
Vrucculiarti	Darti arie	p. 18
Bardasci	Cafoni	p. 18
Scintinii	Sprechi	p. 19
Schetta	Zitella	p. 19
Sciarriarci	Litigare	p. 19
Timpulate	Schiaffi	p. 22
Annacandosi	Oscillando	p. 22
A camurria	A dar fastidio	p. 26
Macari chistu!	Anche questo!	p. 27
Vastaso	Maleducato	p. 27

Panza e prisenza	Pancia e presenza, espressione usata per designare chi, invitato, si presenta a mani vuote	p. 28
Aggritta	In piedi	p. 40
Abbucca	Cade da un lato	p. 40
'Ntamato	Imbambolato	p. 41
Scucivulizza	Asprezza	p. 57
Ci trasi, ci trasi	C'entra, c'entra	p. 59
'Nzà mà	Non volesse il Cielo. Abbreviazione di 'Nzà mà Dio	p. 64
A tinchitè	In abbondanza	p. 65
Punciutu	Punto. Si fa riferimento a un rituale iniziatico della mafia: il nuovo affiliato viene punto con una spina e il suo sangue viene fatto gocciare su un santino	p. 71
Scecco	Asino	p. 71
Babbiare	Prendere in giro	p. 71

Matapollo	Tipo di tessuto operato. A matapollo: accartocciato	p. 72
Babbaluci	Lumache	p. 81
Lisciabbusso	Lavata di capo	p. 84
Coppo di calia	Cartoccio di semi di zucca	p. 87
Cu mancia babbaluci e vivi acqua, suonati li campani picchì è mortu	Se qualcuno mangia lumache e beve acqua, si possono suonare le campane perché è un uomo morto	p. 88
Rusulia sennù a li munti, / lu dimoniu la tintau. / Ci vogghi'iri e ci vogghiu annari, / a Rusulia aggh'ir'a tintari	Rosalia se ne andò sulla montagna, il demonio volle tentarla. Ci voglio andare, ci voglio tornare, a Rosalia la voglio tentare	p. 89
Rusulia supra li munti / si cuntava li beddi cunti. / Lu dimoniu ci dicia / va', maritati Rusulia	Rosalia in cima al monte pregava. Il demonio le diceva: «Rosalia, va' a sposarti!»	p. 89

Sugnu bona e maritata, / cu Signuri sugnu spusata. / E la robba nun'è mia, / è di Gésu e di Maria	Sono già sposata e bene, sono sposata con Dio. E la dote non è mia, è per Gesù e per Maria	p. 89
Notte e Jurno faria sta via / Viva santa Rosalia! / Ca nni scansa di morti ria / Viva santa Rosalia! / Ca nnassisti all'agunia / Viva santa Rosalia! / Virginedda gluriusa e pia / Viva santa Rosalia!	Notte e giorno per questa via, viva santa Rosalia! Che ci liberi da una morte ria, viva santa Rosalia! Che ci assista nell'agonia, viva santa Rosalia! Piccola vergine gloriosa e pia, viva santa Rosalia!	p. 90
Pignata	Pentola	p. 90
Ziti a vasari e babbaluci a sucari nun ponnu mai bastari	I baci degli innamorati e le lumache da mangiare non bastano mai	p. 91
Si parpariava	Si pavoneggiava	p. 124
Vavusu	Bavoso	p. 129
Stricanterra	Strisciante	p. 129
Portancoddu	Servitore	p. 129

Scrafazzata	Triturata	p. 129
Ammuino	Confusione	p. 137
Mischiniata	Commiserata	p. 138
Rifarda	Persona che si rimangia la parola	p. 138
Saziu manco a Dio	Soddisfazione neanche a Dio	p. 138
Pinnuliavano gnuni gnuni	Pendevano in ogni angolo	p. 139
Panzalenta	Persona che non sa tenere i segreti	p. 146
Parra moddu e 'mpiccica duro	Dice parole morbide ma dal significato malevolo	p. 147
Ammuccia, ammuccia ca tuttu pari	Nascondi, nascondi, che tutto si vede	p. 150
'Na cosuzza duci	Un dolcetto	p. 151
Lastimiare	Lagnarsi	p. 152
Taliava	Guardava	p. 153

Ringraziamenti

Scrivere un libro non è una prova solo per l'autore, ma anche per chi gli è vicino. Quando la parola è inceppata e la frase non scorre è facile che si diano risposte brusche o, peggio, non risposte al primo che capita a tiro. È per questo che, a chiusura dei lavori, il primo grazie è per i miei figli Marcello, Giovanni e Lucia, che hanno sopportato il mio nervosismo rivelando una pazienza straordinaria per la loro giovane età e una capacità insospettata di defilarsi al momento opportuno.

Il secondo è per tutti coloro che mi hanno aiutata a scriverla, questa storia: Giulia Ichino, che ringrazio per i suoi sms chilometrici, Marilena Rossi, sensibile, colta e impareggiabile lettrice, Laura Cerutti e tutto lo staff della Mondadori, che si prende cura di me e della mia creatura.

Grazie a Vito Parrinello del teatro Ditirammu di Palermo, è lui che tiene viva la tradizione del Triunfu di Santa Rosalia, a Stefania Blandeburgo, versatile attrice che dà voce al Triunfu, ad Alessandro Sperandeo e a tutti gli amici che hanno compreso e hanno taciuto.

Questo romanzo è frutto di fantasia, anche se mi sono divertita a mischiare luoghi veri e personaggi immaginari. Naturalmente, come in tutte le storie che si rispettino, ogni riferimento a fatti o persone reali è puramente casuale.

Indice delle ricette

P. s. Alcune ricette sono tratte da: *Profumi di Sicilia. Il libro della cucina siciliana*, di Giuseppe Coria, Vito Cavallotto Editore.

Indice

Arnoldo Mondadori Editore S.p.A.

Questo volume è stato stampato
presso Mondadori Printing S.p.A.
Stabilimento Nuova Stampa Mondadori - Cles (TN)

Stampato in Italia - Printed in Italy